A IGNORÂNCIA

MILAN KUNDERA

A IGNORÂNCIA

Tradução
Teresa Bulhões Carvalho da Fonseca

1ª reimpressão

Copyright © 2000 by Milan Kundera
Todos os direitos reservados. Todas as adaptações da obra para cinema, teatro, televisão e rádio são estritamente proibidas.

Grafia atualizada segundo o Acordo Ortográfico da Língua Portuguesa de 1990, que entrou em vigor no Brasil em 2009.

Título original
L'ignorance

Capa
Jeff Fisher

Preparação
Carlos Alberto Inada

Revisão
Mariana Cruz
Larissa Lino Barbosa

Atualização ortográfica
Verba Editorial

Dados Internacionais de Catalogação na Publicação (CIP)
(Câmara Brasileira do Livro, SP, Brasil)

Kundera, Milan
  A ignorância / Milan Kundera ; tradução Teresa Bulhões Carvalho da Fonseca — 1ª ed. — São Paulo : Companhia de Bolso, 2015.

  Título original: L'ignorance
  ISBN 978-85-359-2527-2

  1. Romance tcheco I. Título.

14-12181   CDD-891.863

Índice para catálogo sistemático:
1. Romances : Literatura tcheca 891.863

2022

Todos os direitos desta edição reservados à
EDITORA SCHWARCZ S.A.
Rua Bandeira Paulista, 702, cj. 32
04532-002 — São Paulo — SP
Telefone: (11) 3707-3500
www.companhiadasletras.com.br
www.blogdacompanhia.com.br

A IGNORÂNCIA

1

"O que é que você ainda está fazendo aqui!" Sua voz não era maldosa, mas também não era gentil; Sylvie estava irritada.

"E onde deveria estar?", perguntou Irena.

"Na sua casa!"

Claro, não queria expulsá-la da França, nem fazer com que pensasse que era uma estrangeira indesejável: "Você sabe o que estou querendo dizer!".

"Sim, sei, mas você se esquece de que é aqui que tenho meu trabalho? Meu apartamento? Meus filhos?"

"Escute, conheço Gustaf. Ele cuidará de tudo para que você possa voltar para sua terra. Quanto a suas filhas, não me venha com brincadeiras! Elas já têm a vida delas! Meu Deus, Irena, o que está acontecendo no seu país é tão fascinante! Numa situação dessas as coisas sempre se arranjam."

"Mas, Sylvie! Não são só os aspectos práticos, o trabalho, o apartamento. Eu vivo aqui há vinte anos. Minha vida é aqui!"

"Houve uma revolução na sua terra!" Disse isso num tom que não admitia contestação. Depois ficou calada. Com esse silêncio, queria dizer a Irena que, quando grandes coisas acontecem, não se deve desertar.

"Mas, se eu voltar para meu país, não nos veremos mais", disse Irena, para desconcertar a amiga.

Essa demagogia sentimental surtiu efeito. A voz de Sylvie

tornou-se calorosa: "Minha querida, irei visitá-la! Está prometido, está prometido!".

Estavam sentadas frente a frente diante de duas xícaras de café vazias já havia muito tempo. Irena viu lágrimas de emoção nos olhos de Sylvie, que se inclinou até ela, apertando-lhe a mão: "Será seu grande retorno". E, mais uma vez: "Seu grande retorno".

Repetidas, essas palavras adquiriram tal força que, em seu íntimo, Irena as viu escritas em maiúsculas: Grande Retorno. Ela não protestou mais: foi invadida por imagens que emergiram de repente, de velhas leituras, de filmes, de sua própria memória e talvez até daquela de seus ancestrais: o filho perdido que reencontra a velha mãe; o homem que volta para sua amada, da qual outrora fora afastado pelo destino feroz; a casa natal que cada um traz dentro de si; o caminho redescoberto onde ficaram gravados os passos perdidos da infância; Ulisses que revê sua ilha depois de anos de peregrinação; o retorno, o retorno, a grande mágica do retorno.

2

Em grego, retorno se diz *nóstos*. *Álgos* significa sofrimento. A nostalgia é, portanto, o sofrimento causado pelo desejo irrealizado de retornar. Para essa noção fundamental, a maioria dos europeus pode utilizar uma palavra de origem grega (*nostalgie, nostalgia*), e também outras palavras com raízes em sua língua nacional: *añoranza*, dizem os espanhóis; *saudade*, dizem os portugueses. Em cada língua, essas palavras possuem uma conotação semântica diferente. Muitas vezes significam apenas a tristeza provocada pela impossibilidade da volta ao país. Nostalgia do país. Nostalgia da terra natal. Aquilo que em inglês se chama *homesickness*. Ou em alemão: *Heimweh*. Em holandês: *heimwee*. Mas essa é uma redução espacial dessa grande noção. Uma das mais antigas línguas europeias, o islandês, distingue bem dois termos: *söknudur*: nostalgia no seu sentido geral; e *heimfra*: nostalgia do país. Os tchecos, além da palavra *nostalgia* de origem grega, têm para a noção seu próprio substantivo, *stesk*, e seu próprio verbo; a frase de amor mais comovente em tcheco: *styska se mi po tobe*: sinto nostalgia de você; não posso suportar a dor da sua ausência. Em espanhol, *añoranza* vem do verbo *añorar* (ter nostalgia), que vem do catalão *enyorar*, derivado, este, da palavra latina *ignorare* (ignorar). À luz dessa etimologia, a nostalgia surge como o sofrimento da ignorância. Você está longe e não sei o que se passa com você. Meu país está longe, eu não sei o que está acontecendo lá. Certas línguas têm algumas dificuldades com a nostalgia: os franceses só podem expressá-la pelo substantivo de origem grega e não possuem um verbo; podem dizer: *je m'ennuie de toi*, mas a palavra *s'ennuyer* é fraca, fria, em todo caso muito leve para um sentimento tão grave. Os alemães utilizam raramente a palavra *nostalgia* na sua forma grega e preferem dizer *Sehnsucht*: desejo daquilo que está ausente. Mas a palavra *Sehnsucht* pode se referir tanto àquilo que foi como àquilo que nunca existiu (uma nova aventura) e não implica necessariamente a ideia de um *nóstos*; para incluir no *Sehnsucht* a obsessão do retorno, seria preciso acrescentar um complemento: *Sehnsucht nach der Vergangenheit, nach der verlorenen Kindheit, nach der ersten Liebe* (desejo do passado, da infância perdida, do primeiro amor).

Foi na aurora da antiga cultura grega que nasceu *A odisseia*, epopeia fundadora da nostalgia. Sublinhemos: Ulisses, o maior aventureiro de todos os tempos, é também o maior nostálgico. Ele foi (sem grande prazer) para a guerra de Troia, onde ficou durante dez anos. Depois se apressou em voltar para sua Ítaca natal, mas as intrigas dos deuses prolongaram seu périplo primeiro por três anos repletos dos acontecimentos mais fantásticos, depois por mais outros sete anos, que ele passou, refém e amante, na casa da deusa Calipso, que, apaixonada, não o deixava partir de sua ilha.

No quinto canto da *Odisseia*, Ulisses lhe diz: "Sei que, comparada a você, por melhor que ela seja, Penélope não possui majestade nem beleza... E, no entanto, o único desejo que tenho todo dia é voltar para lá, ver minha casa no dia do retorno!". E Homero continua: "Enquanto Ulisses falava, o sol se pôs; desceu o crepúsculo: sob a abóbada, entrando no fundo da gruta, nos braços um do outro, eles se amaram".

Nada de comparável à pobre vida de exilada, que tinha sido por muito tempo a vida de Irena. Ulisses viveu na casa de Calipso uma verdadeira *dolce vita*, vida fácil, vida de alegrias. No entanto, entre a *dolce vita* no estrangeiro e o retorno arriscado para casa, ele escolheu o retorno. À exploração apaixonada do desconhecido (a aventura), ele preferiu a apoteose do conhecido (o retorno). Ao infinito (pois a aventura pretende ser infinita), preferiu o finito (pois o retorno é a reconciliação com a finitude da vida).

Sem acordá-lo, os marinheiros da Feácia depuseram Ulisses, envolto em lençóis, na costa de Ítaca, aos pés de uma oliveira e partiram. Foi este o fim da viagem. Ele dormia, exausto. Quando acordou, não sabia onde estava. Depois Atena afastou a névoa de seus olhos e sobreveio a embriaguez, a embriaguez do Grande Retorno; o êxtase do conhecido; a música que fez vibrar o ar entre o céu e a terra: ele viu a enseada que conhecia desde criança, as duas montanhas que a circundavam, e acariciou a velha oliveira para assegurar-se de que ele continuava o mesmo de vinte anos antes.

Em 1950, fazia catorze anos que Arnold Schönberg já

estava nos Estados Unidos, quando um jornalista americano lhe fez algumas perguntas perfidamente ingênuas: é verdade que os artistas que se exilam perdem sua força criadora? Que sua inspiração se resseca quando as raízes de seu país natal deixam de ser alimentadas?

Imaginem! Cinco anos depois do holocausto! E um jornalista americano não perdoa a Schönberg sua falta de apego àquele pedaço de terra onde, diante de seus olhos, se dera o início daquele horror dos horrores! Mas não há nada a fazer. Homero glorificou a nostalgia com uma coroa de louros e estabeleceu assim uma hierarquia moral de sentimentos. Penélope ocupa o lugar mais elevado, muito acima de Calipso.

Calipso, ah, Calipso! Penso muito nela. Ela amou Ulisses. Viveram juntos durante sete anos. Não se sabe por quantos anos Ulisses compartilhou o leito de Penélope, mas com certeza não foi por tanto tempo. No entanto, exaltamos a dor de Penélope e desprezamos o choro de Calipso.

3

Como golpes de machado, as grandes datas marcam o século XX europeu com cortes profundos. A Primeira Guerra, de 1914, a Segunda, depois a terceira, a mais longa, chamada Guerra Fria, que terminou em 1989 com o desaparecimento do comunismo. Além dessas grandes datas que concernem a toda a Europa, outras datas de importância secundária determinam os destinos de alguns países: o ano de 1936, da guerra civil espanhola; o ano de 1956, da invasão russa da Hungria; o ano de 1948, quando os iugoslavos se revoltaram contra Stalin, e o ano de 1991, quando todos começaram a se matar entre si. Os escandinavos, os holandeses, os ingleses gozam do privilégio de não terem conhecido nenhuma data importante depois de 1945, o que permitiu que vivessem de modo deliciosamente nulo metade de um século.

A história dos tchecos, naquele século, reveste-se de uma extraordinária beleza matemática, devida à tríplice repetição do número vinte. Em 1918, depois de vários séculos, obtiveram seu Estado independente e, em 1938, perderam-no.

Em 1948, importada de Moscou, a revolução comunista inaugurou com o Terror o segundo período de vinte anos, que terminou em 1968, quando os russos, furiosos ao ver a insolente emancipação, invadiram o país com meio milhão de soldados.

O poder da ocupação instalou-se com todo o seu peso no outono de 1969 e partiu, sem que ninguém esperasse, no outono de 1989, de modo doce, cortês, como fizeram então todos os regimes comunistas da Europa: o terceiro período de vinte anos.

Só no século XX é que as datas históricas apossaram-se com tamanha voracidade da vida de cada um de nós. É impossível compreender a existência de Irena na França sem primeiro analisar as datas. Nos anos 50 e 60, um exilado dos países comunistas não era muito amado; os franceses consideravam então o fascismo como o único mal verdadeiro: Hitler, Mussolini, a Espanha de Franco, as ditaduras da América Latina. Só gradualmente, no fim dos anos 60 e durante os anos 70, decidiram-se a também conceber o comunismo como um mal, apesar de mal de um grau inferior, digamos, o mal número dois. Foi nessa época, em 1969, que Irena e seu marido se exilaram na França. Compreenderam rapidamente que em comparação com o mal número um a catástrofe que recaíra sobre seu país era muito pouco sangrenta para impressionar seus novos amigos. Para se explicar, habituaram-se a dizer mais ou menos isto:

"Por mais horrível que seja, uma ditadura fascista desaparecerá com seu ditador, sendo assim as pessoas podem continuar a ter esperança. Ao contrário, o comunismo, apoiado pela imensa civilização russa, para uma Polônia, para uma Hungria (nem falemos da Estônia!), é um túnel que não tem fim. Os ditadores são mortais, a Rússia é eterna. É nessa total ausência de esperança que consiste a desgraça dos países de onde viemos."

Expressavam assim seu pensamento fielmente, e Irena, para ilustrá-lo, citava uma quadra de Jan Skacel, poeta tcheco da época: ele fala da tristeza que o cerca; essa tristeza, ele queria carregar consigo, levar para longe, erguer uma casa, queria trancar-se nela por trezentos anos e por trezentos anos não abrir a porta, não abrir a porta para ninguém!

Trezentos anos? Skacel escreveu esses versos nos anos 70 e morreu em 1989, em outubro, portanto, um mês antes que os trezentos anos de tristeza que vira diante de si se dissipassem em poucos dias: as pessoas tomaram as ruas de Praga e em suas mãos levantadas pencas de chaves soavam como sinos anunciando a chegada dos novos tempos.

Estaria Skacel enganado ao falar em trezentos anos? É claro que sim. Todas as previsões se enganam, é uma das poucas certezas que foram dadas ao homem. Mas se erram em relação ao futuro, dizem a verdade sobre quem as formula, são a melhor chave para compreender como viveram no seu tempo. Durante o período que chamo os primeiros vinte anos (entre 1918 e 1938), os tchecos pensaram que sua República tinha pela frente o infinito. Enganavam-se mas, porque se enganaram, viveram esses anos numa alegria que fez com que suas artes florescessem como nunca havia acontecido antes.

Depois da invasão russa, não fazendo a menor ideia do fim próximo do comunismo, mais uma vez eles acreditaram que viviam num tempo infinito, e não foi o sofrimento da vida real mas o vácuo do futuro que sugou suas forças, sufocou sua coragem, e que tornou esse terceiro período de vinte anos tão covarde, tão miserável.

Persuadido de que tinha aberto, com sua estética de doze notas, perspectivas longínquas para a História da música, Arnold Schönberg declarou em 1921 que, graças a ele, a dominação (ele não disse "glória", disse *Vorherrschaft*, "dominação") da música alemã (vienense, ele não disse música "austríaca", disse "alemã") estaria assegurada nos cem anos seguintes (cito-o exatamente, ele falou em "cem anos"). Quinze anos depois dessa profecia, em 1936, foi banido da Alemanha como judeu (aquela mesma Alemanha a quem ele queria assegurar sua *Vorherrschaft*) e, com ele, toda a música baseada na estética das doze notas (condenada como incompreensível, elitista, cosmopolita e hostil ao espírito alemão).

O prognóstico de Schönberg, por mais que tenha se enganado, é, no entanto, indispensável para qualquer pessoa que queira compreender o sentido de sua obra, que não se considerava destrutiva, hermética, cosmopolita, individualista, difícil, abstrata, mas profundamente enraizada no "solo alemão" (sim, ele falava no "solo alemão"); Schönberg achava que escrevia não apenas um fascinante epílogo da História da grande música europeia (é assim que me sinto inclinado a compreender sua obra), mas o prólogo de um futuro glorioso que se estendia a perder de vista.

4

Já nas primeiras semanas de exílio, Irena tinha sonhos estranhos: está num avião que muda de rota e aterrissa num aeroporto desconhecido; homens de uniforme, armados, a esperam no fim do corredor; suando frio, ela reconhece a polícia tcheca. Outra vez, ela está passeando em uma pequena cidade francesa quando vê um estranho grupo de mulheres em que cada uma delas, com uma caneca de cerveja na mão, corre em sua direção, chama-a por seu nome em tcheco e ri com uma cordialidade pérfida, e Irena se dá conta de que está em Praga, ela grita, acorda.

Martin, seu marido, tinha os mesmos sonhos. Todas as manhãs contavam um ao outro o horror do retorno ao país natal. Depois, conversando com uma amiga polonesa, também ela exilada, Irena compreendeu que todos os exilados tinham esses sonhos, todos, sem exceção; a princípio ficou emocionada com essa fraternidade noturna entre pessoas que não se conheciam, mais tarde ficou um pouco irritada: como é que a experiência tão íntima de um sonho poderia ser vivida coletivamente?, o que seria então sua alma única? Mas perguntas sem respostas de nada adiantam. Uma coisa era certa: milhares de exilados, na mesma noite, com inúmeras variantes, sonhavam o mesmo sonho. O sonho de exílio: um dos fenômenos mais estranhos da segunda metade do século XX.

Esses sonhos-pesadelos pareciam-lhe ainda mais misteriosos porque ao mesmo tempo sofria de uma incontrolável nostalgia e vivia uma outra experiência, inteiramente contrária: durante o dia passavam diante de seus olhos visões de paisagens do seu país. Não, não era um devaneio, longo e consciente, intencional, era outra coisa: essas aparições de paisagens se iluminavam em sua cabeça inopinadamente, bruscamente, rapidamente, para logo depois se apagarem. Estava falando com seu chefe e, de repente, como se fosse um raio, via uma trilha no meio do campo. Estava espremida no metrô e, de repente, por uma fração de segundo surgia diante dela um bairro arborizado de Praga. Durante todo o dia, essas imagens fugazes a visitavam para amortecer a falta da Boêmia perdida.

O mesmo cineasta do subconsciente que, durante o dia, lhe enviava porções de sua terra natal como imagens de felicidade, organizava, à noite, retornos pavorosos a esse mesmo país. O dia era iluminado pela beleza do país que havia sido abandonado, e a noite pelo horror de retornar a ele. O dia mostrava-lhe o paraíso que ela havia perdido, a noite, o inferno do qual havia fugido.

5

Fiéis à tradição da Revolução Francesa, os Estados comunistas lançaram no opróbrio o exílio, considerado a mais odiosa das traições. Todos os que ficaram no estrangeiro eram condenados sistematicamente em seu país e seus compatriotas não ousavam mais manter contato com eles. No entanto, com o passar do tempo, a severidade do opróbrio diminuía e, pouco antes de 1989, a mãe de Irena, uma inofensiva aposentada que enviuvara havia pouco, obteve junto a uma agência de viagens do Estado um visto para passar uma semana na Itália; no ano seguinte, decidiu ficar cinco dias em Paris para secretamente visitar a filha. Comovida, cheia de compaixão por uma mãe que julgava velha, Irena reservou-lhe um quarto de hotel e sacrificou parte de suas férias para poder ficar o tempo todo com ela.

"Você não está com a aparência tão má", disse-lhe a mãe quando se encontraram. Depois, rindo, acrescentou: "Aliás, eu também não. Quando, na fronteira, o policial olhou meu passaporte, disse: é um passaporte falso, madame! Esta não é sua data de nascimento!". De repente, Irena reencontrou a mãe como sempre a conhecera e teve a sensação de que nada havia mudado nesses quase vinte anos. A compaixão por uma mãe envelhecida evaporou-se. Filha e mãe se encararam como dois seres fora do tempo, como duas essências atemporais.

Mas não seria execrável se uma filha não se alegrasse com a presença de uma mãe que, depois de dezessete anos, vinha visitá-la? Irena mobilizou toda a sua razão, todo o seu senso moral para comportar-se como filha dedicada. Levou-a para jantar no restaurante do primeiro andar da torre Eiffel; depois tomou o *bateau-mouche* para mostrar-lhe Paris vista do Sena; e como a mãe queria ir a exposições, levou-a ao Museu Picasso. Na segunda sala, a mãe parou: "Tenho uma amiga que é pintora. Ela me deu dois quadros de presente. Você não pode imaginar como são bonitos!". Na terceira sala, quis ver os impressionistas: "No Jeu de Paume há uma exposição permanente". "Não há mais", disse Irena, "os impressionistas não estão mais no Jeu de Paume." "Não, não", disse a mãe. "Estão no Jeu de Paume. Sei que estão e não saio de Paris sem ver Van Gogh!" Para compensar a ausência de Van Gogh, Irena ofereceu-lhe o Museu Rodin. Diante de uma das esculturas, a mãe suspirou, sonhadora: "Em Florença, vi o Davi de Michelangelo! Fiquei sem voz!". "Escuta", explodiu Irena, "você está em Paris comigo, estou lhe mostrando Rodin. Rodin! Está entendendo, Rodin! Você nunca o viu antes, por que então, diante de Rodin, você fica pensando em Michelangelo?"

A pergunta era justa: por que a mãe, ao reencontrar sua filha depois de tantos anos, não se interessa pelo que ela mostra, pelo que ela diz? Por que Michelangelo, que ela viu com um grupo de turistas tchecos, a encanta mais do que Rodin? E por quê, durante esses cinco dias, não lhe faz nenhuma pergunta? Nenhuma pergunta sobre sua vida, e tampouco sobre a França, sobre sua culinária, sua literatura, seus queijos e seus vinhos, sua política, seus teatros, seus filmes, seus automóveis, seus pianistas, seus violoncelistas, seus jogadores de futebol?

Em vez disso, não para de falar sobre o que se passa em Praga, sobre o meio-irmão de Irena (que ela teve com o segundo marido, morto há pouco tempo), sobre pessoas das quais Irena se lembra, e outras de cujos nomes ela nunca ouviu falar. Tentou duas ou três vezes fazer um comentário sobre sua vida na França mas essas palavras não atravessaram a barreira impenetrável do discurso da mãe.

Era assim desde a sua infância: enquanto a mãe se ocupava ternamente do filho, como se fosse uma mocinha, era virilmente espartana com a filha. Quero com isso dizer que não a amava? Talvez por causa do pai de Irena, seu primeiro marido, que ela desprezava? Evitemos essa psicologia barata. Seu comportamento era mais bem-intencionado: transbordando de força e saúde, ela se preocupava com a falta de vitalidade da filha; com aquelas maneiras rudes, queria libertá-la de sua hipersensibilidade, mais ou menos como um pai esportista que joga o filho medroso na piscina, convencido de que encontrou a melhor maneira de ensiná-lo a nadar.

No entanto, sabia bem que sua simples presença esmagava a filha, e não posso negar que sentia um prazer secreto com sua própria superioridade física. Mas então? O que deveria fazer? Anular-se em nome do amor materno? A idade avançava inexoravelmente e a consciência de sua força, tal como refletida na reação de Irena, a rejuvenescia. Quando a via perto dela, intimidada e diminuída, prolongava o mais possível os momentos de sua demolidora supremacia física. Com uma ponta de sadismo, fingia enxergar a fragilidade de Irena como indiferença, como preguiça, como indolência, e a censurava.

A vida inteira, Irena se sentia, em sua presença, menos bonita e menos inteligente. Quantas vezes ela correra para diante do espelho para assegurar-se de que não era feia, que não tinha um ar de idiota... Ah, tudo isso estava tão longe, quase esquecido. Mas durante os cinco dias que a mãe passou em Paris, de novo ela foi tomada por essa sensação de inferioridade, de fragilidade, de dependência.

6

Na véspera de sua partida, Irena apresentou-lhe Gustaf, seu amigo sueco. Os três foram jantar num restaurante, e a mãe, que não sabia uma única palavra de francês, usou bravamente seu inglês. Gustaf ficou radiante: com a amante só falava francês e se sentia cansado dessa língua que achava pretensiosa e pouco prática. Naquela noite, Irena não falou muito: surpresa, observava a mãe, que manifestava uma capacidade surpreendente de se interessar pelo outro; com suas trinta palavras de um inglês mal pronunciado, cobriu Gustaf de perguntas sobre sua vida, sobre sua empresa, sobre suas opiniões, e o impressionou.

No dia seguinte, a mãe partiu. Ao voltar do aeroporto, já em seu apartamento no último andar, Irena foi até a janela e, reencontrando a calma, saboreou a liberdade de sua solidão. Olhou demoradamente os telhados, a diversidade das formas fantásticas das chaminés, aquela flora parisiense que havia muito tempo substituíra para ela o verde dos jardins tchecos, e se deu conta do quanto era feliz naquela cidade. Sempre havia considerado evidente que seu exílio fora uma infelicidade. Mas, ela se perguntava naquele momento, não seria mais uma ilusão de infelicidade, uma ilusão sugerida pelo modo como todo mundo enxerga um exilado? Não estaria fazendo uma leitura de sua vida baseada numa bula que outros haviam colocado em suas mãos? E lhe ocorria que seu exílio, apesar de imposto pelo exterior, contra sua vontade, talvez fora, sem querer, a melhor solução para sua vida. As forças implacáveis da História, que haviam atentado contra sua liberdade, a tinham tornado livre.

Assim, ela ficou bastante desconcertada quando, algumas semanas depois, Gustaf orgulhosamente lhe anunciou uma boa notícia: ele propusera à sua empresa que abrissem um escritório em Praga. Como o país comunista não era comercialmente muito tentador, o escritório seria modesto, mas ele sempre teria oportunidade de passar alguns dias lá de vez em quando.

"Fico empolgado por entrar em contato com sua cidade", disse ele.

Em vez de se alegrar, ela sentiu uma espécie de vaga ameaça.

"Minha cidade? Praga não é mais minha cidade", respondeu.

"Como!", ele se surpreendeu.

Ela nunca lhe escondia o que pensava, ele podia, portanto, conhecê-la bem: no entanto ele a via exatamente como todo mundo: *uma mulher que sofre, banida de seu país*. Ele mesmo é de uma cidade sueca que ele cordialmente detesta e onde evita colocar de novo os pés. Mas, no caso dele, isso é normal. Pois todo mundo o aplaude como um *escandinavo simpático, muito cosmopolita, que já esqueceu onde nasceu*. Ambos são classificados, etiquetados, e é conforme a fidelidade a suas etiquetas que serão julgados (claro, é a nada mais que isso que enfaticamente chamamos: ser fiel a si mesmo).

"O que é que você está dizendo!", ele protestou. "Qual é então a sua cidade?"

"Paris! Foi aqui que encontrei você, é aqui que vivo com você."

Como se não a ouvisse, acariciou-lhe a mão: "Aceite isso como um presente. Você não pode ir. Eu serei o que a liga a seu país perdido. Ficarei feliz com isso!".

Ela não duvidava da bondade dele; ela lhe era grata; no entanto, acrescentou num tom pausado: "Mas peço que você entenda que não preciso que você me sirva de ligação com coisa alguma. Sou feliz com você, isolada de tudo e de todos".

Ele também ficou sério: "Entendo. E não tenha medo de que eu possa me interessar por sua vida passada. Entre as pessoas que você conheceu, a única que verei será sua mãe".

O que poderia lhe dizer? Que era precisamente sua mãe que ela não queria que ele frequentasse? Como dizer isso a ele, logo ele, que se lembrava com tanto amor de sua mãe falecida?

"Admiro sua mãe. A vitalidade dela."

Irena não duvida disso. Todo mundo admira sua mãe pela vitalidade dela. Como explicar a Gustaf que no círculo mágico da força materna Irena nunca conseguira governar sua própria vida? Como lhe explicar que a proximidade constante da mãe fazia com que retrocedesse, para suas fraquezas, para sua imaturidade? Ah, que ideia maluca de Gustaf, querer voltar para Praga!

Só depois, quando ficou só, em casa, se acalmou. Tranquilizou-se: "A barreira policial entre os países comunistas e o Ocidente é, graças a Deus, bastante sólida. Não tenho por que temer que os contatos de Gustaf com Praga possam me ameaçar".

O quê? O que acabara de dizer? "A barreira policial é, graças a Deus, bastante sólida"? Dissera mesmo "Graças a Deus"? Ela, uma exilada de quem todos se compadeciam por ter perdido sua pátria, ela havia dito "Graças a Deus"?

7

Gustaf tinha conhecido Martin por acaso, durante uma negociação comercial. Conheceu Irena muito mais tarde, quando ela já enviuvara. Gostaram um do outro mas eram tímidos. Então o marido veio socorrê-los do além, oferecendo-se como assunto para conversas fáceis. Quando Gustaf soube por Irena que Martin nascera no mesmo ano que ele, viu desabar o muro que o separava daquela mulher muito

21

mais jovem e em reconhecimento sentiu simpatia pelo defunto cuja idade o estimulava a cortejar sua bela mulher.

Ele venerava sua falecida mãe, tolerava (sem prazer) duas filhas já adultas, fugia de sua mulher. Gostaria muito de se divorciar se isso pudesse acontecer amigavelmente. Como era impossível, fazia o que podia para ficar longe da Suécia. Como ele, Irena tinha duas filhas, elas também estavam próximas da independência. Para a filha mais velha Gustaf comprou um pequeno apartamento, para a caçula encontrou um internato na Inglaterra, de modo que, ficando sozinha, Irena podia recebê-lo em casa.

Ela ficou encantada com a bondade dele, que para todo mundo era o traço principal, o mais marcante, quase improvável, do caráter de Gustaf. Isso encantava as mulheres, que compreendiam tarde demais que essa bondade era menos uma arma de sedução do que uma arma de defesa. Filho preferido de sua mãe, era incapaz de viver sozinho, sem os cuidados das mulheres. Mas cada vez menos suportava suas exigências, suas brigas, seus choros e até mesmo seus corpos, presentes demais, expansivos demais. Para conservá-las e ao mesmo tempo fugir delas, atirava contra elas granadas de bondade. Resguardado atrás da nuvem da explosão, ele batia em retirada.

Diante de sua bondade, Irena a princípio ficou desconcertada: por que seria tão gentil, tão generoso, tão sem exigências? Como ela poderia retribuir? Não encontrava outra recompensa senão exibir diante dele seu desejo. Fixava nele seus olhos bem abertos, que exigiam algo de imenso e embriagador, que não tinha nome.

Seu desejo, a triste história de seu desejo. Ela não conhecera nenhum prazer no amor antes de encontrar Martin. Depois ela tivera uma filha, mudara-se de Praga para a França, grávida da segunda filha, e, logo depois, Martin estava morto. Depois disso atravessara longos e difíceis anos, sendo forçada a aceitar qualquer trabalho, como faxineira, acompanhante de um rico paraplégico, e considerou uma conquista quando conseguiu fazer traduções do russo para o francês (feliz por ter estudado línguas assiduamente, em Praga). Os anos passavam e nos anúncios, nos painéis publicitários, na capa das revistas expostas nas bancas, as mulheres se despiam, os homens se exibiam de cueca, enquanto no meio dessa orgia onipresente seu corpo perambulava pelas ruas, negligenciado, invisível.

É por isso que seu encontro com Gustaf havia sido uma festa. Depois de tanto tempo, seu corpo, seu rosto enfim eram vistos, apreciados, e graças a seus encantos um homem a tinha convidado para que dividisse sua vida com ele. Foi no meio desse encantamento que a mãe a surpreendera em Paris. Mas, talvez na mesma época, ou um pouco depois, ela começou a desconfiar vagamente que seu corpo não escapara inteiramente à sorte que, aparentemente, havia sido destinada a ele desde sempre. Que ele, que fugia de sua mulher, de suas mulheres, não procurava junto a ela uma aventura, uma nova juventude, uma liberdade dos sentidos, mas sim um descanso. Não exageremos, seu corpo não continuava intocado, mas nela crescia a suspeita de que ele era tocado menos do que merecia.

8

O comunismo extinguiu-se na Europa exatamente duzentos anos depois de acesa a chama da Revolução Francesa. Para Sylvie, a amiga parisiense de Irena, havia nisso uma coincidência plena de sentido. Mas, na verdade, que sentido? Que nome dar ao arco de triunfo que une essas duas datas majestosas? *O arco das duas maiores revoluções europeias?* Ou *O arco que une A Maior Revolução à Restauração Final?* Para evitar disputas ideológicas, proponho para nosso uso uma interpretação mais modesta: a primeira data fez nascer um grande personagem europeu, o Exilado (o Grande Traidor ou o Grande Sofredor, como quisermos); a segunda fez com que o Exilado saísse da cena da história dos europeus; ao mesmo tempo, o grande cineasta do inconsciente coletivo pôs fim a uma de suas produções mais originais, aquela dos sonhos de exílio. Foi então que se deu, por alguns dias, o primeiro retorno de Irena a Praga.

Quando ela partiu fazia muito frio, e depois de três dias, de repente, subitamente, precocemente, chegou o verão. Seu tailleur, muito grosso, tornou-se inutilizável. Como não trouxera nada para clima quente, comprou um vestido de verão numa butique. O país ainda não estava transbordando de mercadorias do Ocidente, e ela encontrou de novo os mesmos tecidos, as mesmas cores, os mesmos cortes que conhecera na era comunista. Experimentou dois ou três vestidos e ficou confusa. É difícil dizer por quê: não que fossem feios, os cortes não eram feios, mas eles lembravam seu passado distante, a austeridade da moda de sua juventude, pareceram-lhe ingênuos, provincianos, deselegantes, adequados a uma professora do interior. Mas ela estava com pressa. Por quê, afinal de contas, não se parecer por alguns dias com uma professora do interior? Comprou o vestido por um preço ridículo, vestiu-o e, com seu tailleur de inverno na bolsa, saiu pela rua escaldante.

Depois, passando na frente de uma grande loja, viu-se repentinamente diante de uma vitrine recoberta por um imenso espelho e ficou estupefata: aquela que via não era ela, era uma outra ou, quando olhou mais demoradamente, era ela, mas vivendo outra vida, a vida que teria vivido se tivesse ficado no país. Aquela mulher não era antipática, era até comovente, comovente demais, comovente de chorar, lamentável, pobre, fraca, submissa.

Ela foi tomada pelo mesmo pânico de outros tempos, em seus sonhos de exílio: pela força mágica de um vestido, ela se via presa numa vida que não queria e da qual não seria capaz de se libertar. Como se, no começo de sua vida adulta, ela tivesse tido diversas vidas possíveis entre as quais acabara por escolher aquela que a havia levado para a França. E como se essas outras vidas, recusadas e abandonadas, continuassem sempre à sua disposição e enciumadas a espiassem de seus refúgios. Uma delas se apoderava agora de Irena e a encerrava em seu novo vestido como se fosse uma camisa de força.

Assustada, correu para a casa de Gustaf (sua empresa comprara uma casa no centro de Praga, em cuja mansarda ele tinha um pequeno apartamento) e trocou de roupa. Mais uma vez com seu tailleur de inverno, olhou pela janela. O céu estava coberto e as árvores balançavam com o vento. Havia feito calor apenas durante algumas horas. Algumas horas de calor suficientes para provocar nela um pesadelo, lembrar-lhe o horror do retorno.

(Seria um sonho? Seu último sonho de exílio? Mas não, tudo aquilo era real. No entanto, teve a impressão de que as armadilhas a que esses sonhos de outrora se referiam não haviam desaparecido, que continuavam ali, sempre de prontidão, aguardando passagem.)

9

Durante os vinte anos de sua ausência, os habitantes de Ítaca guardavam muitas lembranças de Ulisses mas não sentiam por ele nenhuma nostalgia. Enquanto Ulisses sofria de nostalgia e não se lembrava de quase nada.

Podemos compreender essa curiosa contradição se nos dermos conta de que a memória, para que possa funcionar bem, tem necessidade de um treino incessante: se as lembranças não forem evocadas, continuamente, em conversas com amigos, elas desaparecem. Os exilados, reunidos em colônias de compatriotas, contam entre si até a exaustão as mesmas histórias, que, desse modo, se tornam inesquecíveis. Mas aqueles que não frequentam seus compatriotas, como Irena ou Ulisses, são inevitavelmente atingidos pela amnésia. Quanto mais forte é a sua nostalgia, mais ela se esvazia de lembranças. Quanto mais Ulisses se entristecia, mais ele esquecia. Pois a nostalgia não intensifica a atividade da memória, não estimula as lembranças, ela basta a si mesma, à sua própria emoção, tão totalmente absorvida por seu próprio sofrimento.

Depois de ter matado os audaciosos que queriam se casar com Penélope e reinar em Ítaca, Ulisses foi obrigado a viver com pessoas que não conhecia. Estas, para agradá-lo, repetiam sem cessar tudo o que lembravam dele, antes da guerra. E, convencidos de que ele não se interessava por nada além de sua Ítaca (como poderiam pensar de outro modo, já que ele havia percorrido a imensidão dos mares para voltar para lá?), recitavam tudo o que havia acontecido durante sua ausência, ávidos por responder todas as suas perguntas. Nada o entediava mais do que isso. Ele não esperava outra coisa senão que dissessem: Conta! E era a única palavra que eles não diziam nunca.

Durante vinte anos só pensara no seu retorno. Mas, ao chegar, compreendeu, surpreso, que sua vida, a própria essência de sua vida, seu centro, seu tesouro, encontrava-se fora de Ítaca, nos vinte anos de suas andanças. E, esse tesouro, ele havia perdido e só voltaria a encontrá-lo contando.

Depois de deixar Calipso, em sua viagem de volta, ele naufragara na Feácia, onde o rei o havia acolhido em sua corte. Ali, ele era um estrangeiro, um desconhecido misterioso. A um desconhecido perguntamos: "Quem é você? De onde você vem? Conta!". E ele tinha contado. Durante quatro longos cantos da *Odisseia*, diante de atônitos feácios, relembrara os pormenores de suas aventuras. Mas em Ítaca ele não era um estrangeiro, era um deles, e por isso a ninguém ocorria dizer: "Conta!".

10

Ela folheou suas velhas cadernetas de endereços, detendo-se longamente em nomes meio esquecidos; depois reservou um salão num restaurante. Numa mesa comprida próxima à parede, ao lado dos pratos com aperitivos, estão dispostas doze garrafas. Na Boêmia, não se toma vinho bom, e não se tem o hábito de guardar garrafas de safras especiais. Ela comprou este velho bordeaux com um prazer especial: para surpreender seus convidados, para celebrá-los com uma festa, para reconquistar sua amizade.

Quase estragou tudo. Constrangidas, suas amigas observam as garrafas, até que uma delas, enchendo-se de coragem e orgulhosa de sua simplicidade, declara sua preferência por cerveja. Estimuladas por essa franqueza, as outras concordam e a ardorosa admiradora de cerveja chama o garçom.

Irena se reprova por seu gesto de mau gosto, com sua caixa de bordeaux; por sua estupidez ao trazer à tona tudo o que as separa: sua longa ausência do país, seus hábitos de estrangeira, sua desenvoltura. Reprova-se mais ainda porque atribui a esse encontro uma grande importância: quer afinal avaliar se pode viver aqui, sentir-se em casa, ter amigos. É por isso que não quer se sentir humilhada com essa falta de tato, está mesmo disposta a ver nela uma simpática franqueza; aliás, a cerveja a que suas convidadas manifestaram sua fidelidade não é a santa bebida da sinceridade, o filtro que dissipa toda hipocrisia, toda a comédia das boas maneiras?, que incita seus admiradores a apenas urinar com toda a inocência, a engordar com toda a candura? Realmente as mulheres à sua volta são calorosamente gordas, não param de falar, transbordam de bons conselhos e elogiam Gustaf, cuja existência todas conhecem.

Enquanto isso o garçom aparece na porta com dez canecas de meio litro de cerveja, cinco em cada mão, grande performance atlética que provoca aplausos e risos. Levantam as canecas e brindam: "À saúde de Irena! À saúde da filha pródiga!".

Irena bebe um modesto gole de cerveja, dizendo a si mesma: E se fosse Gustaf que lhes oferecesse vinho? Elas teriam recusado? Claro que não. Ao recusar o vinho era a ela que estavam recusando. Ela, tal qual ela voltava depois de tantos anos.

É nisto, justamente, que reside seu desafio: que elas a aceitem tal qual ela voltava. Saiu dali uma jovem ingênua, e voltava madura, com uma vida atrás de si, uma vida difícil da qual se orgulhava. Quer fazer de tudo para que a aceitem com suas experiências dos vinte últimos anos, com suas convicções, com suas ideias; será pegar ou largar: ou ela consegue sentir-se bem entre elas sendo o que se tornara, ou não poderá ficar. Organizou esse encontro como ponto de partida de sua ofensiva. Que tomem cerveja se fazem questão disso, ela não se incomoda, o que conta é que ela escolha o assunto da conversa e que se faça entender.

Mas o tempo passa, as mulheres falam todas ao mesmo tempo e é quase impossível manter uma conversa, mais ainda impor um conteúdo. Ela tenta delicadamente retomar os assuntos que elas lançam e encaminhá-los para o que lhes queria dizer, mas fracassa: assim que a conversa se afasta de suas preocupações, nenhuma delas escuta.

O garçom já trouxe a segunda rodada de cerveja; sua primeira caneca ainda está em cima da mesa, e com sua espuma murcha é como que desonrada pela espuma exuberante da nova caneca, ao lado. Irena se censura por ter perdido o gosto pela cerveja; aprendeu na França a saborear o que bebe em pequenos goles e perdeu o hábito de engolir de uma vez só uma grande quantidade de líquido, como exige o amor pela cerveja. Ela leva a caneca à boca e, com esforço, bebe dois ou três goles de uma vez só. Nesse momento, uma mulher, a mais velha de todas, já com uns sessenta anos, passa ternamente a mão sobre seus lábios para enxugar os restos de espuma.

"Não é preciso se forçar", diz ela. "E se tomássemos um vinho juntas? Seria idiota desprezar um vinho tão bom", e ela se dirige ao garçom, pedindo que abra uma das garrafas que continuam intactas em cima da mesa.

11

Milada era uma colega de Martin, com quem ela trabalhara no mesmo instituto. Assim que apareceu na porta do salão, Irena a reconheceu, mas só agora, quando cada uma está com um copo de vinho na mão, consegue conversar com ela; olha bem para ela: seu rosto conserva a mesma forma (redonda) de sempre, os mesmos cabelos pretos, o mesmo penteado (também redondo, cobrindo as orelhas e descendo até o queixo). Ela dá a impressão de não ter mudado; quando começa a falar, só seu rosto, subitamente, se transforma: a pele se contrai e torna a se contrair, o lábio superior se cobre de pequenas linhas verticais, enquanto em suas faces e no queixo rugas mudam rapidamente de posição, conforme a expressão do rosto. Irena diz a si mesma que Milada certamente não se dá conta disso: ninguém conversa consigo mesmo diante do espelho; assim ela só conhece o seu rosto imóvel, com a pele quase lisa; todos os espelhos do mundo lhe fazem crer que ainda é bela.

Enquanto saboreava o vinho, Milada diz (em seu belo rosto surgem imediatamente as rugas que começam a dançar): "Não é nada fácil o retorno, não é mesmo?".

"Elas não conseguem entender que partimos sem nenhuma esperança de voltar. Nos esforçamos por nos fixar no lugar onde estamos. Você conhece Skacel?"

"O poeta?"

"Numa quadra ele fala da tristeza dele, e diz que queria construir uma casa para nela se trancar durante trezentos anos. Trezentos anos. Todos enxergamos na nossa frente um longo túnel de trezentos anos."

"Sim, nós também, aqui."

"Então por que ninguém mais quer saber disso?"

"Porque nós corrigimos os nossos sentimentos quando os sentimentos se enganam. Se a História os desacredita."

"E depois: todo mundo pensa que partimos para ter uma vida fácil. Não sabem como é difícil conseguir um pequeno lugar para si numa terra estranha. Imagine só, deixar o país com um bebê no colo e outro na barriga. Perder o marido. Criar duas filhas na miséria..."

Ela se cala e Milada diz: "Não faz nenhum sentido contar tudo isso a elas. Ainda há pouco todo mundo estava brigando, cada uma querendo mostrar que tinha sofrido mais do que a outra durante o regime. Todas queriam ser reconhecidas como vítimas. Mas essas competições em torno do sofrimento terminaram. Hoje, nos vangloriamos do sucesso, não do sofrimento. Podem respeitá-la não por causa de sua vida difícil, mas porque você foi vista ao lado de um homem rico!".

Conversam há bastante tempo num canto da sala quando as outras se aproximam e as cercam. Como se se censurassem por não dar atenção suficiente a sua anfitriã, mostram-se falantes (a embriaguez da cerveja é mais ruidosa e mais bonachona do que a do vinho) e afetuosas. A mulher que, desde o começo da reunião, pedia cerveja reclama: "Preciso afinal experimentar o seu vinho!", e chama o garçom, que abre outras garrafas e enche os copos.

Irena é tomada por uma súbita visão: com canecas de cerveja na mão e rindo ruidosamente, um grupo de mulheres se dirige até ela, que distingue palavras tchecas e compreende, aterrorizada, que não está na França, que está em Praga e que está perdida. Ah, sim, um de seus velhos sonhos de exilada, cuja lembrança ela afasta rapidamente; as mulheres à sua volta, aliás, não bebem mais cerveja, elas erguem seus copos de vinho e brindam mais uma vez à filha pródiga; em seguida uma delas lhe diz, radiante: "Você se lembra? Escrevi que era hora de você voltar, mais do que hora de você voltar!".

Quem é essa mulher? A noite toda ela não parou de falar da doença do marido, demorando-se, excitada, em todos os detalhes mórbidos. Finalmente Irena a reconhece: sua colega de ginásio que, na mesma noite em que o comunismo caiu, lhe escreveu: "Oh, minha cara, já estamos velhas! Está mais do que na hora de você voltar!". Mais uma vez ela repete a frase e, em seu rosto inchado, um grande sorriso revela uma dentadura.

As outras mulheres a sufocam com perguntas: "Irena, você se lembra quando...". E: "Sabe o que aconteceu quando...?". "Mas não, com certeza você deve se lembrar dele!" "Aquele sujeito de orelhas grandes, você sempre caçoou dele!" "Mas você não pode ter se esquecido dele! Ele só fala de você!"

Até então não se interessavam por aquilo que ela tentava lhes contar. O que significa essa ofensiva súbita? O que querem saber aquelas mulheres que nada querem ouvir? Compreende rapidamente que as perguntas delas são especiais: perguntas para saber se ela conhece aquilo que elas conhecem, se se lembra daquilo de que elas se lembram. Isso lhe dá uma estranha impressão que não a deixará mais:

Primeiro, pelo total desinteresse por aquilo que ela vivera no estrangeiro, elas a amputaram de uns vinte anos de sua vida. Agora, com o interrogatório, tentam remendar seu antigo passado com sua vida presente. Como se lhe amputassem o antebraço e fixassem a mão diretamente no cotovelo;

como se lhe amputassem a barriga da perna e emendassem os pés nos joelhos.

Assustada com essa imagem, não consegue responder nenhuma das perguntas que lhe fazem; as mulheres, aliás, nem esperam isso e, cada vez mais embriagadas, retomam seu falatório, do qual Irena é excluída. Ela vê as bocas que se abrem todas ao mesmo tempo, bocas que mexem, emitem palavras e explodem sem parar em muitas risadas (mistério: como é que mulheres que não se escutam podem rir daquilo que falam?). Nenhuma delas se dirige mais a Irena mas todas brilham em seu bom humor, a mulher que no começo da noite encomendou a cerveja começa a cantar, as outras também, e nem mesmo na rua, depois de terminada a noitada, elas param de cantar.

Na cama, relembra a noite; mais uma vez é assaltada por seu velho sonho de exílio e se vê cercada de mulheres, barulhentas e cordiais, levantando suas canecas de cerveja. No sonho, elas estavam a serviço da polícia secreta, com ordens de armar uma emboscada para ela. Mas a serviço de quem estariam essas mulheres de hoje? "Está na hora de você voltar", dissera-lhe sua velha colega com a macabra dentadura. Emissária dos cemitérios (dos cemitérios da pátria), ela estava encarregada de chamá-la à ordem: adverti-la de que o tempo avançava e é preciso que a vida termine onde ela começou.

Depois pensa em Milada, que foi tão maternalmente amigável; tinha feito com que compreendesse que ninguém mais estava interessado na sua odisseia, e Irena disse a si mesma que Milada, aliás, tampouco se interessara por ela. Mas como censurá-la? Por que ela deveria se interessar pelo que não tinha nada a ver com sua própria vida? Isso seria apenas uma comédia de afabilidades e Irena ficou contente que Milada, sem nenhuma comédia, tivesse sido tão amável.

Seu último pensamento antes de dormir é sobre Sylvie.

Há tanto tempo não a vê! Sente sua falta! Irena gostaria de convidá-la para jantar num restaurante e contar-lhe suas últimas viagens à Boêmia. Fazê-la compreender a dificuldade do retorno. Foi você, aliás, imagina dizer, a primeira a pronunciar estas palavras: Grande Retorno. E você sabe, Sylvie, hoje compreendi: eu poderia viver de novo com eles, mas com a condição de que, tudo o que vivi com você, com os franceses, eu depositasse solenemente no altar da pátria e pusesse fogo. Vinte anos da minha vida passados no estrangeiro se transformarão em fumaça numa cerimônia sagrada. E as mulheres cantarão e dançarão comigo em volta da fogueira com suas canecas de cerveja erguidas nas mãos. É o preço a pagar para que eu seja perdoada. Para que seja aceita. Para que torne a ser uma delas.

12

Um dia, no aeroporto de Paris, ela passou pelo controle de passaportes e foi sentar-se na sala de espera. No banco em frente viu um homem e, depois de dois segundos de incerteza e espanto, reconheceu-o. Agitada, esperou o momento em que seus olhares se cruzaram e sorriu. Ele também sorriu e inclinou levemente a cabeça. Ela se levantou e caminhou na direção dele, que por sua vez se levantou.

"Nos conhecemos em Praga, não é?", disse ela em tcheco. "Você ainda se lembra de mim?"

"Claro."

"Logo reconheci você. Você não mudou nada."

"Você está exagerando."

"Não, não. Você continua como era. Meu Deus, faz tanto tempo." E depois, rindo: "Fico satisfeita por você ter me reconhecido". E depois: "Durante esse tempo todo, você ficou lá no nosso país?".

"Não."
"Você esteve no exílio?"
"Sim."
"E onde você ficou? Na França?"
"Não."
Ela suspirou: "Ah, se você tivesse morado todo esse tempo na França e só hoje tivéssemos nos encontrado...".
"É por mero acaso que estou de passagem por Paris. Moro na Dinamarca. E você?"
"Aqui. Em Paris. Meu Deus. Não posso acreditar nos meus olhos. Como é que foi sua vida todo esse tempo? Pôde exercer sua profissão?"
"Sim. E você?"
"Tive que tentar pelo menos sete."
"Não vou perguntar quantos homens você teve."
"Não, não pergunte. Também prometo não fazer perguntas desse tipo."
"E agora? Você voltou?"
"Na verdade, não. Ainda tenho o meu apartamento em Paris. E você?"
"Também não."
"Mas você sempre volta para lá."
"Não. É a primeira vez", disse ele.
"Ah, tanto tempo! Você não se sentiu pressionado!"
"Não."
"Você não tem nenhum compromisso na Boêmia?"
"Sou um homem inteiramente livre."
Ele dissera isso pausadamente e com certa melancolia, que ela notou.
No avião, o lugar dela era na frente, perto do corredor, e muitas vezes ela se virou para olhá-lo. Jamais esquecera o distante dia em que se encontraram. Foi em Praga, ela estava com um grupo de amigas num bar e ele, amigo de suas amigas, não tirava os olhos dela. Sua história de amor havia

sido interrompida antes de poder começar. Ela guardava uma mágoa, uma ferida nunca cicatrizada.

Duas vezes ele se apoiou na poltrona dela para continuar a conversa. Ela soube que ele só ficaria na Boêmia por três ou quatro dias, e mesmo assim numa cidade do interior, para ver a família. Ela ficou triste. Não ficaria em Praga nenhum dia? Sim, talvez por uns dois ou três dias, antes de voltar para a Dinamarca. Ela poderia encontrá-lo? Seria ótimo revê-la! E ele lhe deu o nome do hotel do interior onde se hospedaria.

13

Ele também, ele ficara feliz com aquele encontro; ela era afável, charmosa e agradável, por volta dos quarenta anos, bonita, e ele não fazia ideia de quem ela era. É constrangedor dizer a uma pessoa que não lembramos quem ela é, mas dessa vez era duplamente constrangedor, pois talvez não a tivesse esquecido, apenas não a tinha reconhecido. E confessar isso a uma mulher é uma grosseria de que não seria capaz. Aliás, rapidamente compreendeu que a desconhecida não iria saber se ele se lembrava dela ou não e que não havia nada mais fácil do que conversar com ela. Mas, quando prometeram se rever e ela quis lhe dar seu número de telefone, ele se sentiu embaraçado: como poderia chamar a alguém cujo nome não conhecia? Sem dar explicações, dissera que preferia que ela telefonasse e pediu que anotasse o número do seu hotel no interior.

No aeroporto de Praga, separaram-se. Ele alugou um carro, pegou a estrada, depois uma estrada menor. Chegando à cidade, procurou o cemitério. Em vão. Viu-se num bairro novo de casas altas, todas iguais, que o desorientaram. Avistou um garoto de mais ou menos dez anos, parou o carro, perguntou como chegar ao cemitério. O menino olhou para ele sem responder. Pensando que ele não o compreendia, Josef articulou a pergunta mais devagar, com voz mais forte, como um estrangeiro que se esforça para pronunciar bem o que diz. O garoto acabou respondendo que não sabia. Mas com os diabos, como é possível não saber onde fica o cemitério, o único da cidade? Acelerou, perguntou ainda a outros transeuntes, mas as explicações que lhe deram pareceram pouco inteligíveis. Finalmente, ele o encontrou: espremido atrás de um viaduto recém-construído, parecia modesto e muito menor do que o de antigamente.

Estacionou o carro e se dirigiu, através de uma aleia de tílias, para o túmulo. Fora ali que vira descer, cerca de trinta anos antes, o caixão com o corpo de sua mãe. Desde então estivera lá muitas vezes, a cada visita à sua cidade natal. Quando, há um mês, cuidava dos preparativos dessa estada na Boêmia, sabia que começaria por ali. Olhou a lápide; o mármore estava coberto com numerosos nomes: aparentemente, a sepultura tornara-se naquele meio-tempo um grande dormitório. Entre a aleia e a lápide, só havia a relva, bem conservada, com um canteiro de flores; tentava imaginar os caixões embaixo: deviam estar uns ao lado dos outros, em fila de três, sobrepostos em vários andares. Mamãe estava bem embaixo. Onde estava o pai? Tendo morrido dez anos depois, estava separado dela pelo menos por um andar de caixões.

Reviu o enterro da mãe. Na época, embaixo só havia dois mortos: os pais de seu pai. Pareceu-lhe então bem natural que sua mãe tivesse descido na direção dos sogros e ele nem mesmo se perguntou se ela não teria preferido encontrar seus próprios pais. Só mais tarde compreendeu: a reunião nos túmulos familiares é decidida com muita antecedência, com base numa distribuição de forças; a família do pai era mais influente do que a da mãe.

O número de novos nomes sobre a lápide o perturbou. Alguns anos depois de sua partida, soubera da morte do tio, depois da tia, e finalmente do pai. Começou a ler atentamente os nomes; alguns eram de pessoas que pensava ainda estarem vivas; ficou aturdido. Não tanto porque a morte delas o perturbasse (aquele que decide deixar seu país para sempre deve se resignar a não rever mais sua família), mas sim pelo fato de não ter recebido nenhum aviso. A polícia comunista vigiava as cartas dirigidas aos exilados; teriam tido medo de escrever-lhe? Observou as datas: os dois últimos enterros eram posteriores a 1989. Não era então por prudência que não lhe tinham escrito. A verdade era pior: ele não existia para eles.

14

O hotel datava dos últimos anos do comunismo: um edifício moderno na praça principal, liso, como se construía então pelo mundo todo, muito alto, dominando em muito os telhados da cidade. Ele se instalou em seu quarto no sexto andar, depois foi até a janela. Eram sete da noite, o crepúsculo descia, as luminárias se acendiam e a praça estava inacreditavelmente calma.

Antes de partir, ele se imaginara confrontando lugares conhecidos, sua vida passada, e se perguntara: ficaria emocionado? indiferente? contente? deprimido? Nada disso. Durante sua ausência uma vassoura invisível havia passado sobre a paisagem de sua juventude, apagando tudo o que era familiar; o confrontamento que esperava não acontecera.

Muito tempo atrás Irena visitara uma cidade francesa do interior, à procura de um momento de repouso para o marido, já muito doente. Era domingo, a cidade estava tranquila, eles haviam parado numa ponte e olhavam para a água, que corria pacificamente entre margens verdejantes. Adiante, onde o rio fazia uma curva, uma velha casa cercada por um jardim aparecera diante deles como a imagem de um lar acolhedor, um sonho de idílio acabado. Atraídos por sua beleza, desceram por uma escada até a margem, desejando passear. Depois de alguns passos compreenderam que a paz dominical os enganara; a trilha estava bloqueada; deram com um terreno abandonado: máquinas, tratores, montes de terra e de areia; do outro lado do rio, árvores cortadas; e a velha casa cuja beleza os havia atraído quando a avistaram do alto tinha os vidros quebrados e um grande buraco no lugar da porta; atrás se erguia uma grande construção de uns dez andares; a beleza da paisagem urbana que os encantara não era, no entanto, uma ilusão de óptica; esmagada, humilhada, desmoralizada, ela transparecia através de sua própria ruína. Mais uma vez, o olhar de Irena voltou-se para a outra margem e ela viu que as árvores cortadas estavam florescendo! Derrubadas, caídas, elas estavam vivas! Nesse momento, bruscamente, uma música explodiu *fortissimo* de um alto-falante. Diante dessa agressão brutal Irena apertou os ouvidos com as mãos e caiu em prantos. Prantos pelo mundo que desaparecia diante de seus olhos. Seu marido, que morreria alguns meses depois, pegou-a pela mão e levou-a embora.

A gigantesca vassoura invisível que transforma, desfigura, apaga as paisagens está trabalhando há milênios, mas seus movimentos, outrora lentos, apenas perceptíveis, aceleraram-se de tal modo que eu me pergunto: a *Odisseia*, hoje, seria concebível? A epopeia do retorno pertence ainda à nossa época? Pela manhã, ao acordar nas encostas de Ítaca, Ulisses poderia ouvir extasiado a música do Grande Retorno se a velha oliveira tivesse sido derrubada e se não pudesse reconhecer nada à sua volta?

Perto do hotel, um grande edifício mostrava seu lado nu, uma parede cega ornamentada com um desenho gigantesco. A penumbra tornava a inscrição ilegível e Josef só distinguia duas mãos que se apertavam, mãos enormes, entre o céu e a terra. Teriam estado sempre ali? Ele não se lembrava mais.

Jantava sozinho no restaurante do hotel e ouvia, à sua volta, o rumor das conversas. Era a música de uma língua desconhecida. O que teria acontecido com a língua tcheca durante esses pobres vinte anos? Será que sua acentuação tinha mudado? Aparentemente. Outrora colocada firmemente na primeira sílaba, ela tinha enfraquecido; a entonação estava como que desossada. A melodia parecia mais monótona do que em outra época, arrastada. E o timbre! Ele se tornara nasalado, o que dava à palavra algo de desagradavelmente enfadonho. Provavelmente, ao longo dos séculos, a música de todas as línguas se transforma imperceptivelmente, mas aquele que volta depois de uma longa ausência fica desconcertado: inclinado sobre seu prato, Josef ouvia uma língua desconhecida da qual compreendia todas as palavras.

Depois, em seu quarto, pegou o telefone e discou o número de seu irmão. Ouviu uma voz alegre que o convidou a ir para sua casa imediatamente.

"Só queria avisá-lo da minha chegada", disse Josef. "Desculpe não ir hoje. Não quero que você me veja neste estado depois de tantos anos. Estou exausto. Você está livre amanhã?"

Não tinha nem certeza se seu irmão ainda trabalhava no hospital.

"Estarei livre", foi a resposta.

15

Ele toca a campainha e o irmão, cinco anos mais velho do que ele, abre a porta. Trocam um aperto de mão e se olham. São olhares de imensa intensidade e eles sabem bem do que se trata: face a face, os irmãos registram, rapidamente, discretamente, seus cabelos, suas rugas, seus dentes; cada um sabe o que procura no rosto à sua frente e cada um sabe que o outro procura a mesma coisa no seu. Sentem vergonha, pois o que procuram é a distância provável que separa o outro da morte, ou melhor, para dizer de uma maneira mais brutal, procuram no outro o que transparece da morte. Querem terminar o mais rápido possível esse exame mórbido e apressam-se em encontrar uma frase que os faça esquecer esses breves segundos funestos, uma apóstrofe, uma pergunta, ou, se possível (seria um presente dos céus), uma brincadeira (mas nada acontece para salvá-los).

"Venha", diz enfim o irmão, e tomando Josef pelos ombros o leva para a sala.

16

"Esperávamos você desde que o regime caiu", diz o irmão quando se sentam. "Todos os exilados já voltaram, ou pelo menos já apareceram aqui. Não, não, não estou reclamando. Você sabe o que faz."

"Você está enganado", ri Josef, "não sei."

"Você veio sozinho?", perguntou o irmão.

"Sim."

"Pretende ficar mais tempo?"

"Não sei."

"Claro, você tem que levar em conta a opinião da sua mulher. Pelo que sei você se casou por lá."

"Casei."

"Com uma dinamarquesa", disse o irmão, hesitante.

"Sim", disse Josef. Calou-se.

Esse silêncio deixou o irmão embaraçado e Josef, para falar alguma coisa, perguntou: "A casa agora é sua?".

Outrora, o apartamento fazia parte de um edifício de três andares que pertencia ao pai deles; no segundo andar morava a família (o pai, a mãe, os dois filhos), os outros eram alugados. Depois da revolução comunista de 1948, a casa foi desapropriada e a família permaneceu, como locatária.

"Sim", respondeu o irmão, visivelmente constrangido: "Nós tentamos falar com você, mas foi impossível".

"Como assim? Mas você sabe meu endereço!"

Depois de 1989, todas as propriedades estatizadas pela revolução (fábricas, hotéis, edifícios, campos, florestas) voltaram para seus antigos proprietários (ou, mais precisamente, para seus filhos ou netos); esse procedimento foi chamado de restituição: bastava que alguém declarasse à Justiça ser proprietário que, ao fim de um ano, durante o qual sua reivindicação poderia ser contestada, essa restituição se tornava irrevogável. Essa simplificação jurídica permitiu muitas fraudes mas evitou os processos de herança, os recursos, as apelações, e desse modo fez renascer, num tempo espantosamente curto, uma sociedade de classes com uma burguesia rica, empreendedora, capaz de pôr em marcha a economia do país.

"Foi um advogado que se ocupou disso", respondeu o irmão, sempre embaraçado. "Agora, é tarde demais. Os procedimentos foram encerrados. Mas você não precisa temer, nós nos arranjaremos entre nós e sem advogados."

Nesse momento, sua cunhada entrou. Dessa vez não se deu nem mesmo o choque de olhares: ela estava tão envelhecida que tudo ficou claro quando ela apareceu na porta. Josef teve vontade de baixar a cabeça para olhá-la só depois, disfarçadamente, sem humilhá-la. Tomado de piedade, ele se levantou, caminhou em sua direção e abraçou-a.

Sentaram-se de novo. Sem conseguir controlar a emoção, Josef olhou-a; se a tivesse encontrado na rua, não teria reconhecido. Trata-se das pessoas mais próximas a mim, dizia-se a si mesmo, minha família, a única que tenho, meu irmão, meu único irmão. Ele se repetia essas palavras como se quisesse prolongar sua emoção antes que ela se dissipasse.

Essa onda de ternura fez com que dissesse: "Esqueça de

uma vez a história da casa. Escuta, sejamos pragmáticos, possuir alguma coisa aqui não é para mim um problema. Meus problemas não estão aqui".

Aliviado, o irmão repetiu: "Não, não. Gosto de ser justo em tudo. Aliás, sua mulher também tem o direito de opinar".

"Falemos de outra coisa", disse Josef, colocando a mão sobre a de seu irmão e apertando-a.

17

Levaram-no ao apartamento para mostrar as mudanças que haviam sido feitas depois de sua partida. Na sala ele viu um quadro que tinha sido seu. Depois de ter decidido deixar o país, foi obrigado a agir rápido. Morava então numa outra cidade do interior e, forçado a guardar segredo de sua intenção de exilar-se, não podia se trair, distribuindo seus bens entre os amigos. Na véspera de sua partida, colocara as chaves num envelope e as enviara para o irmão. Depois telefonou do exterior pedindo que apanhasse no apartamento o que lhe interessasse antes que o Estado confiscasse tudo. Mais tarde, instalado na Dinamarca, feliz por começar uma vida nova, não teve a menor vontade de tentar saber o que o irmão tinha conseguido salvar e o que tinha feito com as coisas.

Olhou longamente para o quadro: um bairro de subúrbio operário, pobre, tratado com aquela audaciosa fantasia de cores que lhe lembrava os fauvistas do começo do século, Derain, por exemplo. No entanto, a pintura estava longe de ser uma imitação; se ela tivesse sido exposta em 1905 no Salão de Outono de Paris com outras pinturas dos fauvistas, todo mundo ficaria surpreso com sua singularidade, intrigado com o perfume enigmático daquela visitante, vinda, aliás, de um lugar tão distante. No entanto, o quadro era de 1955, época em que a doutrina da arte socialista exigia severamente o realismo: o autor, modernista apaixonado, teria preferido pintar como então se pintava no mundo inteiro, isto é, à maneira abstrata, mas ao mesmo tempo queria expor; teve portanto que encontrar o ponto milagroso em que os imperativos dos ideólogos coincidissem com seus desejos artísticos; os casebres que evocavam a vida dos trabalhadores eram um tributo aos ideólogos, as cores violentamente irrealistas, o presente que oferecia a si mesmo.

Josef visitara seu ateliê nos anos 60, quando a doutrina oficial perdia sua força e o pintor já tinha liberdade para fazer mais ou menos o que quisesse. Sinceramente ingênuo, Josef preferira esse quadro antigo aos novos, e o pintor, que tinha por seu fauvismo operário um misto de simpatia com condescendência, lhe dera o quadro de presente sem se lamentar; até mesmo pegara o pincel e, ao lado da assinatura, fizera uma dedicatória com o nome de Josef.

"Você chegou a conhecer bem esse pintor", comentou o irmão.

"Sim. Salvei seu caniche."

"Você vai visitá-lo?"

"Não."

Pouco depois de 1989, Josef tinha recebido na Dinamarca um embrulho com fotografias de novos quadros do pintor, criados desta vez em plena liberdade: não se distinguiam dos milhões de outros quadros que se pintavam então no planeta; o pintor podia se vangloriar de uma dupla vitória: ele era totalmente livre e totalmente igual a todo mundo.

"Esse quadro, então você gosta dele?", perguntou o irmão.

"Sim, continuo a achá-lo muito bonito."

O irmão indicou a mulher com um movimento de cabeça: "Katy gosta muito dele. Para na frente dele todos os dias". Em seguida acrescentou: "Um dia depois da sua partida, você me disse para dá-lo a papai. Ele o colocou em cima de sua mesa no consultório do hospital. Sabia que Katy gostava muito dele e antes de morrer deixou-o para ela". Depois de uma pequena pausa: "Você não pode imaginar. Vivemos anos atrozes".

Olhando para a cunhada, Josef lembrou-se de que nunca havia gostado dela. Sua velha antipatia por ela (aliás, recíproca) pareceu-lhe agora tola e lamentável. Ela estava de pé, olhando para o quadro, seu rosto expressava uma triste impotência e Josef, compreensivo, disse ao irmão: "Sei disso".

O irmão começou a contar a história da família, a longa agonia do pai, a doença de Katy, o casamento fracassado da filha, depois as intrigas contra ele no hospital, onde se vira enfraquecido em sua posição depois que Josef se exilara.

Esse último comentário não fora feito com um tom de censura, mas Josef não tinha dúvidas da animosidade com que então o irmão e a cunhada deviam falar dele, indignados com as poucas razões que Josef poderia alegar para justificar seu exílio, que, certamente, eles julgavam irresponsável: o regime não facilitava a vida dos parentes de exilados.

18

Na sala de jantar, a mesa estava pronta para o almoço. A conversa dava voltas, o irmão e a cunhada querendo contar-lhe tudo o que acontecera durante sua ausência. Décadas planavam sobre os pratos e, de repente, a cunhada o atacou: "Você também teve seus anos de fanatismo. Como você falava da Igreja! Nós todos tivemos medo de você".

O comentário o surpreendeu. "Medo de mim?" A cunhada insistiu. Ele a olhou: em seu rosto, que alguns instantes antes lhe parecera irreconhecível, apareciam os traços de outrora.

Dizer que tiveram medo dele era na verdade uma tolice, as lembranças da cunhada só podiam se referir aos anos de colégio, quando ele tinha entre dezesseis e dezenove anos. É perfeitamente possível que naquela época ele tivesse caçoado dos crentes, mas seus comentários não podiam ter nada em comum com o ateísmo militante do regime e eram destinados apenas à sua família, que nunca faltava à missa de domingo e que desse modo incitava Josef a bancar o provocador. Ele passara no vestibular em 1951, três anos depois da revolução, e, quando decidiu estudar medicina veterinária, foi inspirado por esse mesmo espírito provocador: curar os doentes, servir à humanidade, era esse o grande orgulho da família (seu avô já era médico), e ele teve vontade de dizer a todos que preferia as vacas aos seres humanos. Mas ninguém havia admirado ou censurado sua revolta; o curso de veterinária era considerado socialmente menos prestigioso, sua escolha fora interpretada como falta de ambição, como se implicitamente aceitasse ocupar uma posição de segundo plano na família, atrás do irmão.

Confusamente, tentou explicar (a eles e a si próprio) sua psicologia adolescente, mas as palavras custavam a sair de sua boca, pois o sorriso forçado da cunhada, fixo sobre ele, expressava um desacordo imutável com tudo o que ele dizia. Compreendeu que não podia fazer nada; que era como uma lei: quem descobre que sua vida é um naufrágio parte em busca dos culpados. E Josef era duplamente culpado: como adolescente porque falara mal de Deus, e como adulto porque se exilara. Perdeu a vontade de explicar o que quer que fosse e seu irmão, com muita diplomacia, mudou o assunto da conversa.

O irmão: estudante do segundo ano de medicina, fora expulso da universidade em 1948 por causa de suas origens burguesas; a fim de não perder a esperança de retomar mais tarde os estudos e de se tornar cirurgião como o pai, fez tudo para manifestar sua adesão ao comunismo, a ponto de um dia, com a morte na alma, entrar no partido, onde ficou até 1989. Os caminhos dos dois irmãos se distanciaram: primeiro afastado dos estudos, depois forçado a abandonar suas convicções, o mais velho tinha o sentimento de ser uma vítima (sentiria isso para sempre); na escola veterinária, menos visado e menos vigiado, o mais moço não precisava exibir nenhuma lealdade ao regime: aos olhos do irmão, ele parecia (e sempre pareceria) um rapaz de sorte, que sempre sabia se sair bem das situações; um desertor.

Em agosto de 1968, o exército russo invadiu o país; durante uma semana, as ruas de todas as cidades urravam de raiva. Nunca o país fora tanto uma pátria, os tchecos nunca foram tão tchecos. Embriagado de raiva, Josef estava pronto para atirar-se na frente dos tanques. Logo os homens de Estado do país foram presos, escoltados para Moscou, forçados a assinar às pressas uma capitulação, e os tchecos, sempre enfurecidos, voltaram para casa. Cerca de catorze anos mais tarde, no quinquagésimo segundo aniversário da revolução russa de outubro, data imposta ao país como feriado, no vilarejo onde tinha seu consultório, Josef pegou o carro e foi visitar sua família do outro lado do país. Chegando à cidade, diminuiu a marcha; estava curioso para ver quantas janelas estariam enfeitadas com bandeiras vermelhas, que naquele ano de derrota não eram senão símbolos de submissão. Havia mais do que ele esperava: talvez aqueles que as ostentavam agissem contra suas próprias convicções, por prudência, com um vago temor, no entanto agiam assim voluntariamente, pois ninguém os constrangia, ninguém os ameaçava. Ele parou em frente à casa onde nascera. No segundo andar, onde morava o irmão, havia uma grande e resplandecente bandeira, terrivelmente vermelha. Por um longo minuto, sem sair do carro, ele a contemplou; depois arrancou. Na viagem de volta resolveu abandonar o país. Não que não pudesse viver ali. Poderia cuidar das vacas com toda a tranquilidade. Mas ele estava só, divorciado, sem filhos, livre. Deu-se conta de que só tinha uma vida e que queria vivê-la em outro lugar.

19

No fim do almoço, diante de uma xícara de café, Josef pensava no seu quadro. Perguntava-se como levá-lo e se, de avião, isso não seria muito incômodo. Não seria melhor tirar a tela da moldura e enrolá-la?

Estava quase falando no assunto quando a cunhada lhe disse: "Com certeza, você vai visitar N.".

"Não sei ainda."

"Era seu grande amigo."

"Continua a ser meu amigo."

"Em 48, todo mundo tremia na frente dele. O comissário vermelho! Mas ele ajudou muito você, não é? Você deve muito a ele!"

O irmão apressou-se em interromper a mulher e estendeu um pequeno embrulho para Josef: "Foi o que papai guardou como lembrança sua. Encontramos depois da morte dele".

Aparentemente, seu irmão devia voltar logo para o hospital; o encontro chegava ao fim e Josef constatou que seu quadro submergira na conversa. Como! A cunhada se lembra de seu amigo N. mas do seu quadro ela se esquece? No entanto, apesar de disposto a renunciar a toda a sua herança, à sua parte na casa, o quadro era dele, só dele, com seu nome escrito ao lado do nome do pintor! Como poderiam, ela e seu irmão, fingir que ele não lhe pertencia?

A atmosfera ficou de repente mais pesada e o irmão começou a contar alguma coisa engraçada. Josef não escutava.

Estava decidido a reclamar seu quadro e, concentrado naquilo que queria dizer, deixou que seu olhar distraído se dirigisse ao pulso do irmão e ao relógio que usava. Reconheceu-o: grande, preto, um pouco fora de moda; ele havia ficado no seu apartamento e o irmão se apropriara dele. Não, Josef não tinha a menor razão de indignar-se. Tudo fora feito segundo suas próprias instruções; no entanto, ver seu relógio no pulso de um outro provocou nele um estranho mal-estar. Teve a impressão de reencontrar o mundo como o pode reencontrar um morto que sai de seu túmulo depois de vinte anos: tímido, ele toca a terra com um pé que perdeu o hábito de andar, ele mal reconhece o mundo em que viveu mas tropeça o tempo todo nos restos de sua vida: ele vê sua calça, sua gravata, no corpo dos sobreviventes que, com muita naturalidade, as repartiram; ele vê tudo mas não reivindica nada: os mortos são tímidos. Invadido por essa timidez dos mortos, Josef não encontra força para dizer uma só palavra a respeito do quadro. Levanta-se.

"Volte à noite. Vamos jantar juntos", diz o irmão.

Josef viu de repente o rosto de sua própria mulher; sentiu uma vontade intensa de dirigir-se a ela, de falar com ela. Mas ele não podia: seu irmão olhava para ele, esperando uma resposta.

"Desculpe, tenho pouco tempo. Da próxima vez", e apertou cordialmente a mão dos dois.

No caminho de volta para o hotel, o rosto de sua mulher apareceu-lhe mais uma vez e ele se exaltou: "Foi culpa sua. Foi você que me disse que eu devia vir. Eu não queria. Não tinha vontade de voltar. Mas você não concordava. Não voltar lá, segundo você, seria anormal, injustificável, seria até feio. Você ainda acha que tinha razão?".

20

No quarto, abriu o pacote que o irmão lhe dera: um álbum de retratos de sua infância, sua mãe, seu pai, seu irmão, e muitas vezes o pequeno Josef; ele põe o álbum de lado para guardá-lo. Dois livros infantis ilustrados; ele joga no lixo. Um desenho de criança feito com lápis de cor com a dedicatória: "Para o aniversário de mamãe", e sua assinatura desajeitada; ele joga fora. Depois um caderno. Ele o abre: seu diário do tempo de colégio. Como pôde deixá-lo na casa dos pais?

As anotações datavam dos primeiros anos do comunismo mas, para decepção de sua curiosidade, ele só encontra descrições de encontros com as garotas do colégio. Libertino precoce? Não: virgem. Vira as páginas distraidamente, depois se detém nas reclamações dirigidas a uma menina: "Você me disse que, no amor, só existe o prazer da carne. Minha cara, você fugiria correndo se um homem confessasse que com você ele só queria os prazeres da carne. E compreenderia o que é a sensação atroz da solidão".

Solidão. Essa palavra ressurge com frequência. Ele tentava assustá-las descrevendo a terrível perspectiva da solidão. Para que o amassem, fazia-lhes sermões como um padre: sem os sentimentos, a sexualidade é como um deserto em que se morre de tristeza.

Ele lê e não se lembra de nada. O que esse desconhecido viera lhe dizer? Lembrar-lhe que, outrora, tinha vivido aqui usando seu nome? Josef levanta-se e vai até a janela. A praça está iluminada pelo sol do fim da tarde, e a imagem das duas mãos na imensa parede agora está bem visível: uma é branca, a outra, preta. Em cima, uma sigla de três letras promete "segurança" e "solidariedade". Sem dúvida alguma, a pintura foi executada depois de 1989, quando o país adotou os slogans dos novos tempos: fraternidade entre todas as raças;

mistura de todas as culturas; unidade de tudo, unidade de todos.

Apertos de mão em cartazes, Josef já viu isso antes! O operário tcheco apertando a mão do soldado russo! Apesar de detestada, essa imagem de propaganda fazia incontestavelmente parte da História dos tchecos, que tinham mil razões para aceitar ou repelir o aperto de mão dos russos ou dos alemães! Mas uma mão negra? Neste país as pessoas mal sabiam da existência de negros. Em toda a sua vida sua mãe nunca vira um único negro.

Ele olha essas mãos suspensas entre o céu e a terra, enormes, maiores do que o campanário da igreja, mãos que modificaram esse lugar, criando um cenário brutalmente diferente. Inspeciona demoradamente a praça lá embaixo como se procurasse as pegadas que quando jovem ele deixara na calçada ao passear por ali com seus colegas.

"Colegas"; pronuncia a palavra lentamente, a meia voz, para respirar o perfume (fraco! quase imperceptível!) da sua primeira juventude, esse tempo encerrado, perdido, tempo abandonado, triste como um orfanato; mas, ao contrário de Irena, na cidade no interior da França, ele não sente nenhum afeto por esse passado que aflora inerte de suas lembranças; nenhuma vontade de retornar; só uma ligeira reserva; um distanciamento.

Se eu fosse médico, diagnosticaria no caso dele: "O doente sofre de uma insuficiência de nostalgia".

21

Mas Josef não se julga doente. Considera-se lúcido. A insuficiência de nostalgia é para ele a prova do pouco valor de sua vida passada. Corrijo portanto meu diagnóstico: "O doente sofre de deformação masoquista de sua memória".

Na verdade, não se lembra a não ser das situações que o tornam insatisfeito consigo mesmo. Não gosta da sua infância. Não teve, quando criança, tudo o que quis? O pai não era venerado por todos os clientes dele? Por que seu irmão sentia orgulho disso e ele não? Ele brigava muito com os colegas e brigava com bravura. Ora, esqueceu todas as suas vitórias, mas lembrará para sempre que um colega que ele considerava mais fraco um dia o derrubou e o manteve com as costas no chão durante dez segundos contados em voz alta. Ainda hoje sente na pele a pressão humilhante da terra. Quando ainda vivia na Boêmia e encontrava pessoas que o haviam conhecido antes, ficava sempre surpreso que o considerassem corajoso (julgava-se pusilânime), de espírito cáustico (julgava-se desinteressante) e de bom coração (lembrava-se só de suas mesquinharias).

Sabia muito bem que sua memória o detestava, que ela o caluniava sem tréguas; e no entanto se esforçara para não acreditar nela e para ser mais indulgente com sua própria vida. Esforço em vão: não sentia nenhum prazer em olhar para trás, coisa que fazia o menos possível.

Segundo o que quer fazer crer aos outros e a si mesmo, deixou o país porque não podia suportar vê-lo submisso e humilhado. Aquilo que diz é verdadeiro, não importa que em sua maioria os tchecos se sentissem como ele, submissos e humilhados, e no entanto não tivessem corrido para o estrangeiro. Ficaram em seu país porque amavam a si mesmos e porque amavam sua vida, que era inseparável do lugar em que viviam. Como sua memória era malévola e não oferecia a Josef nada daquilo que pudesse tornar desejável a vida em seu país, ele atravessou a fronteira com um passo lépido e sem arrependimento.

Será que no estrangeiro sua memória perdera a influência nociva? Sim; pois lá Josef não tinha nem motivos nem oportunidade de pensar em lembranças ligadas ao país onde ele não morava mais; esta é a lei da memória masoquista: à medida que os painéis de sua vida se dissolvem no esquecimento, o homem se desfaz do que não gosta e se sente mais leve, mais livre.

E, sobretudo, no estrangeiro Josef se apaixonou, e o amor é a exaltação do tempo presente. Seu apego ao presente afastou as lembranças, protegeu-o contra as intervenções delas; sua memória não se tornou menos maldosa mas, negligenciada, afastada, perdeu o poder sobre ele.

22

Quanto mais vasto o tempo que deixamos para trás, mais irresistível é a voz que nos convida ao retorno. Essa frase parece evidente, e, no entanto, é falsa. O homem envelhece, seu fim se aproxima, os instantes se tornam cada vez mais preciosos e ele não tem tempo a perder com suas lembranças. É preciso compreender o paradoxo matemático da nostalgia: ela é mais poderosa na primeira juventude, quando o volume da vida passada é inteiramente insignificante.

Das brumas do tempo em que Josef ainda estava no colégio, vejo aparecer uma moça, ela é longilínea, bela, ela é virgem, e está melancólica porque acaba de se separar de um rapaz. É sua primeira ruptura amorosa, ela sofre com isso, mas sua dor é menos forte do que o espanto que sente ao descobrir o tempo; ela o vê como nunca acontecera antes.

Até então, o tempo se mostrara a ela sob o aspecto do presente que avança e engole o futuro; ela temia sua velocidade (quando esperava alguma coisa desagradável) ou se revoltava contra sua lentidão (quando esperava algo de belo). Dessa vez, o tempo lhe parece inteiramente diferente; não é mais o presente vitorioso que se apossa do futuro; é o presente vencido, prisioneiro, levado pelo passado. Ela vê um rapaz que se afasta da sua vida e vai embora, inacessível para sempre. Hipnotizada, não pode fazer nada além de olhar esse pedaço de sua vida que se afasta, pode apenas olhar e sofrer. Sente uma sensação inteiramente nova que se chama nostalgia.

Essa sensação, esse desejo invencível de voltar, lhe revela num só golpe a existência do passado, o poder do passado, de seu passado; na casa de sua vida, apareceram janelas, janelas voltadas para dentro, para aquilo que vivera; contudo, sem essas janelas, sua existência seria inconcebível.

Um dia, com seu novo namorado (namorado platônico, evidentemente), passeia por uma trilha na floresta perto da cidade; é por essa mesma trilha que, alguns meses antes, ela havia passeado com seu antigo namorado (aquele que, depois da ruptura, tinha feito com que conhecesse pela primeira vez a nostalgia) e essa coincidência a emociona. Intencionalmente, ela se dirige para uma capela em ruínas num cruzamento de trilhas campestres, porque foi ali que seu primeiro namorado tinha tentado beijá-la. Uma irresistível tentação a incita a reviver os momentos do amor do passado. Ela deseja que as duas histórias amorosas se cruzem, se assemelhem, se misturem, se imitem uma à outra e cresçam com essa fusão.

Quando o namorado de outros tempos, nesse lugar, tentara parar para abraçá-la, ela, feliz e confusa, apressou o passo e impediu que ele fizesse aquilo. Dessa vez o que vai acontecer? Seu atual namorado também diminui o passo e se prepara para abraçá-la! Inebriada com essa repetição (pela maravilha dessa repetição), ela obedece ao imperativo da semelhança e avança com passos rápidos, puxando-o pela mão.

Depois ela se deixa seduzir por essas afinidades, por esses contatos fortuitos do presente com o passado, ela procura esses ecos, essas correspondências, essas ressonâncias que fazem com que ela sinta a distância entre aquilo que foi e aquilo que é, a dimensão temporal (tão nova, tão espantosa) de sua vida; ela tem assim a impressão de sair de sua adolescência, de tornar-se madura, adulta, o que para ela significa: aquela que tomou conhecimento do tempo, que deixou um pedaço de sua vida para trás e que pode virar a cabeça para olhá-lo.

Um dia, ela vê seu novo namorado correr em sua direção com um casaco azul e ela lembra que também gostava que seu primeiro namorado usasse casaco azul. Um outro dia, olhando-a nos olhos, ele os elogia com uma imagem metafórica muito insólita; ela fica fascinada porque, a respeito de seus olhos, seu primeiro namorado lhe dissera, palavra por palavra, a mesma frase insólita. Essas coincidências a deixam deslumbrada. Nunca se sentira tão penetrada de beleza como quando a nostalgia de seu antigo amor se confundiu com as surpresas de seu novo amor. A intrusão do namorado de outros tempos na história que está vivendo agora, em vez de ser para ela uma secreta infidelidade, aumenta mais ainda seu afeto por aquele que caminha a seu lado.

Quando ficar mais velha, ela verá nessas semelhanças uma lastimável uniformidade dos indivíduos (que, para se beijarem, param todos no mesmo lugar, têm o mesmo gosto para se vestir, elogiam a mulher com a mesma metáfora) e uma desanimadora monotonia dos acontecimentos (que são apenas uma eterna repetição do mesmo fato); mas, na sua adolescência, ela acolhe essas coincidências como um milagre, ávida por decifrar seus significados. O fato de seu namorado atual se parecer estranhamente com aquele de outros tempos o torna ainda mais excepcional, ainda mais original, e ela fica convencida de que ele lhe é misteriosamente predestinado.

23

Não, não existe nenhuma alusão à política no diário. Nenhum traço da época, a não ser talvez o puritanismo dos primeiros anos do comunismo, tendo como pano de fundo o ideal do amor sentimental. Josef se detém numa confidência do rapaz virgem: com facilidade ele encontrava audácia para acariciar o seio de uma garota, mas tinha que vencer seu próprio pudor para tocar a coxa dela. Tinha o sentido da precisão: "No encontro de ontem só ousei tocar duas vezes na coxa de D.".

Intimidado pela coxa, ele estava cada vez mais ávido de sentimentos: "Ela jura que me ama, sua promessa de coito é minha vitória..." (aparentemente, o coito, como prova de amor, significava para ele mais do que o ato físico em si mesmo) "... mas estou decepcionado: não existe nenhum êxtase nos nossos encontros. Imaginar nossa vida em comum me aterroriza". E mais adiante: "Como é cansativa a fidelidade que não tem origem na verdadeira paixão".

Êxtase; vida em comum; fidelidade; paixão verdadeira. Josef se detém nessas palavras. O que poderiam significar para um jovem imaturo? Eram tão grandiosas quanto vagas e sua força residia justamente em sua nebulosidade. Ele estava em busca de sensações que não conhecia, que não compreendia; ele as procurava em sua parceira (espreitando em seu rosto a mais mínima emoção), ele as procurava em si mesmo (durante horas intermináveis de introspecção), mas ficava sempre frustrado. Foi então que anotou (Josef deve ter reconhecido a surpreendente perspicácia dessa observação): "O desejo de sentir compaixão por ela e o desejo de fazê-la sofrer são um só e único desejo". E, na verdade, ele se comportava como se fosse guiado por essa frase: a fim de experimentar compaixão (a fim de atingir o êxtase da compaixão), fazia tudo para ver sua namorada sofrer; ele a torturava: "Despertei nela dúvidas sobre o meu amor. Ela caiu nos meus braços, eu a consolei, banhei-me na sua tristeza e, por um instante, senti brotar em mim uma pequena chama de excitação".

Josef tenta compreender o garoto virgem, colocar-se na pele dele, mas não consegue. Esse sentimentalismo misturado com sadismo, tudo isso é absolutamente contrário a seus gostos e a sua natureza. Arranca uma página em branco do diário, pega um lápis e torna a copiar a frase: "Banhei-me na sua tristeza". Olha demoradamente as duas caligrafias: a antiga é um pouco desajeitada, mas as letras têm a mesma forma das de hoje. Essa semelhança lhe é desagradável, o aborrece, choca. Como é possível que dois seres tão estranhos, tão opostos, possam ter a mesma letra? Em que consiste essa essência comum que faz com que ele e aquele fedelho sejam a mesma pessoa?

24

Nem o rapaz virgem nem a colegial dispunham de um apartamento para ficarem a sós; o coito que ela lhe havia prometido teve que ser adiado para as férias de verão, que demorariam a chegar. Enquanto esperavam, passavam o tempo todo de mãos dadas nas calçadas ou nas trilhas da floresta (os jovens namorados da época eram caminhantes infatigáveis), condenados às conversas repetitivas e às apalpadelas que não levavam a lugar nenhum. Nesse deserto sem êxtases, ele anunciou um dia que a separação era inevitável, pois em breve ele se mudaria para Praga.

Josef fica surpreso com o que lê; mudar-se para Praga? Esse projeto era simplesmente impossível, sua família nunca pretendera deixar a cidade. De repente a lembrança aflora sobre o esquecimento, desagradavelmente presente e viva: ele está numa trilha da floresta, de pé, na frente dessa garota, e fala sobre Praga! Fala de sua mudança, e mente! Ele se lembra perfeitamente de sua consciência de mentiroso, ele se vê falando e mentindo, mentindo para ver a colegial chorar!

Lê: "Soluçando ela me beijou. Fiquei extremamente atento a cada manifestação de sua dor e lamento não me lembrar mais do número exato de seus soluços".

Será possível? "... extremamente atento a cada manifestação de sua dor...", ele contou seus soluços! Esse torturador--contador! Era sua maneira de sentir, de viver, de saborear, de viver o amor. Ao apertá-la em seus braços, ela soluçava e ele contava!

Continua a ler: "Depois ela se acalmou e me disse: 'Agora compreendo aqueles poetas que, até a morte, permaneciam fiéis'. Ela levantou a cabeça na minha direção e seus lábios tremiam". No diário a palavra *tremiam* estava sublinhada.

Ele não se lembra nem de suas palavras, nem de seus lábios que tremiam. A única lembrança viva é o momento em que ele mentia sobre sua mudança para Praga. Nenhuma outra ficou em sua memória. Esforçava-se por lembrar-se com mais nitidez dos traços dessa moça exótica que não invocava cantores ou jogadores de tênis mas poetas; poetas "que, até a morte, permanecem fiéis"! Saboreia o anacronismo dessa frase cuidadosamente escrita e sente uma afeição cada vez maior por essa moça, tão docemente anacrônica. A única coisa que censura nela é ter se apaixonado por um fedelho detestável que queria apenas torturá-la.

Ah, aquele fedelho! Vê como naquela época ele fixava os olhos nos lábios da moça, lábios que, sem querer, tremiam, inconsolados e incontroláveis! Ele deve ter ficado excitado como se observasse um orgasmo (orgasmo feminino, do qual não tinha a menor noção). Ele teve uma ereção, talvez! Certamente!

Chega! Josef vira as páginas e descobre que a colegial planejava esquiar nas montanhas durante uma semana com sua classe de colégio; o fedelho reclamou, ameaçou romper; ela explicou que aquilo fazia parte de suas obrigações escolares; ele não quis saber de nada e ficou furioso (mais um êxtase! o êxtase da fúria!): "Se você for, entre nós será o fim. Juro que será o fim!".

O que foi que ela respondeu? Seus lábios teriam tremido quando ouviu sua explosão histérica? Com certeza não, pois aquele movimento descontrolado dos lábios, aquele orgasmo virginal, o excitava tanto que ele não teria deixado de mencionar. Aparentemente, daquela vez, ele havia superestimado seu poder. Pois não há mais nenhum comentário que evoque a colegial. Seguiam-se descrições apagadas de encontros com uma outra garota (ele pula essas linhas) e o diário acaba com o fim da sétima série (os cursos intermediários tchecos tinham oito), precisamente no momento em que uma mulher mais velha do que ele (dessa, ele se lembra bem) fez com que ele descobrisse o amor físico e recolocou sua vida em outros trilhos; tudo isso ele não anotou, o diário não sobreviveu à virgindade de seu autor; um capítulo muito curto de sua vida terminou e, sem continuação nem consequência, foi relegado ao recinto escuro dos objetos esquecidos.

Ele começa a rasgar as páginas do diário em pequenos pedaços. Gesto sem dúvida exagerado, inútil; mas sente necessidade de manifestar sua aversão; a necessidade de anular o fedelho a fim de um dia (mesmo que fosse num pesadelo) não ser confundido com ele, vaiado no lugar dele, considerado responsável por suas palavras e por seus atos!

25

Nesse mesmo instante o telefone toca. Lembra-se da mulher que encontrara no aeroporto e atende.

"O senhor não vai me reconhecer", ele ouve.

"Sim, sim, reconheço. Mas por que você me trata de senhor?"

"Se preferir trato de você! Mas talvez você não saiba com quem está falando."

Não, não era a mulher do aeroporto. Era uma daquelas vozes enfadonhas, com timbre desagradavelmente nasalado. Ficou constrangido. Ela se apresentou: a filha do primeiro casamento da mulher de quem se divorciara depois de alguns meses de vida em comum, cerca de trinta anos atrás.

"Realmente eu não poderia saber com quem estava falando", disse ele com um riso forçado.

Desde o divórcio ele nunca mais as vira, nem sua ex-mulher nem sua enteada, que, na sua lembrança, continuava uma menina.

"Preciso falar com o senhor. Falar com você", corrigiu ela.

Ele lamentou tê-la tratado de "você", essa intimidade lhe pareceu desagradável, mas não podia fazer mais nada: "Como é que você sabe que estou aqui? Ninguém sabe".

"Pois eu sei."

"Como?"

"Pela sua cunhada."

"Eu não sabia que você a conhecia."

"Mamãe conhece."

Na mesma hora compreendeu a aliança que se formara espontaneamente entre as duas mulheres.

"Portanto você está me procurando em nome de sua mãe?"

A voz enfadonha torna-se insistente: "Preciso falar com você".

"Você ou sua mãe?"

"Eu."

"Por que não diz antes do que se trata?"

"Você quer me ver ou não?"

"Peço que você me diga antes do que se trata."

A voz enfadonha torna-se agressiva: "Se não quer me ver, diga francamente".

Ele detestava a insistência dela mas não tinha coragem de repeli-la. Guardar segredo da razão do encontro solicitado era por parte da moça uma astúcia eficaz: ele ficou inquieto.

"Vou ficar aqui apenas por alguns dias, estou com pressa. No máximo conseguiria dispor só de meia hora...", e marcou de encontrá-la num café de Praga no dia de sua partida.

"Você não vai aparecer."

"Vou."

Quando desligou, sentiu uma espécie de náusea. O que podiam querer com ele? Um conselho? Não se é agressivo, quando se quer um conselho. Elas queriam aborrecê-lo. Provar que existiam. Tomar seu tempo. Mas nesse caso por que ele teria marcado o encontro? Por curiosidade? Francamente! Foi por medo que acabara cedendo. Ele sucumbira a um velho reflexo: para poder se defender sempre queria estar informado de tudo. Mas defender-se? Hoje? Contra o quê? Claro que não havia perigo algum. Simplesmente a voz de sua enteada o envolveu num nevoeiro de antigas recordações: intrigas; intervenções dos pais; aborto; choros; calúnias; chantagens; agressividade sentimental; cenas de cólera; cartas anônimas: a conspiração das comadres.

A vida que deixamos atrás de nós tem o mau hábito de sair da sombra, de queixar-se de nós, de nos processar. Longe da Boêmia, Josef desaprendera a levar em conta seu passado. Mas o passado estava lá, o esperava, o observava. Pouco à vontade, Josef esforçava-se para pensar em outra coisa. Mas em que pode pensar um homem que volta ao país do seu passado, se não ao seu passado? Durante os dois dias que lhe restam, o que é que ele vai fazer? Visitar a cidade onde tinha seu consultório veterinário? Postar-se, enternecido, em frente à casa onde morara? Não sentia nenhuma vontade de fazer isso. Há pelo menos alguém entre seus velhos conhecidos que, sinceramente, ele quisesse rever? A imagem de N. aflorou em sua mente. Outrora, quando os energúmenos da revolução tinham acusado Josef, muito jovem, de Deus sabe lá o quê (naqueles anos, todo mundo era acusado, em um momento ou outro, de Deus sabe lá o quê), N., comunista influente na universidade, o defendera, sem se importar com as opiniões dele e as de sua família. Foi assim que ficaram amigos, e, se Josef se censurasse por alguma coisa, seria por quase tê-lo esquecido durante o exílio.

"O comissário vermelho! Todo mundo tremia diante dele!", dissera a cunhada, dando a entender que Josef, por interesse, havia se ligado a um homem do regime. Pobres países sacudidos por grandes datas históricas! Terminada a batalha, todo mundo se precipita em expedições punitivas pelo passado para nele perseguir os culpados. Mas, quais eram os culpados? Os comunistas que, em 1948, tinham vencido? Ou seus adversários incapazes, que tinham perdido? Todo mundo perseguia os culpados e todo mundo era perseguido. Quando o irmão de Josef, para poder continuar os estudos, entrara no partido, seus amigos o haviam condenado como oportunista. Isto fizera com que detestasse ainda mais o comunismo, que ele responsabilizava pela sua covardia, e sua mulher havia concentrado sua própria raiva em pessoas como N., que, marxista convicto antes da revolução, tinha participado por sua livre vontade (portanto sem nenhum perdão possível) do surgimento daquilo que ela considerava o mal maior.

O telefone tocou de novo. Atendeu e dessa vez teve certeza de reconhecer: "Finalmente!".

"Puxa, que bom que você disse 'Finalmente'! Estava esperando meu telefonema?"

"Com impaciência."

"Verdade?"

"Estava com um mau humor execrável! Ouvir sua voz muda tudo!"

"Bem, fico feliz! Como gostaria que você estivesse aqui, comigo, bem onde estou."

"Pena que isso não seja possível."

"Pena? Mesmo?"

"Mesmo."

"Será que vejo você antes da sua partida?"

"Sim, você vai ver."

"Tem certeza?"

"Tenho! Vamos almoçar juntos depois de amanhã!"

"Vou adorar."

Ele lhe deu o endereço de seu hotel em Praga.

Quando desligou, seu olhar esbarrou no diário rasgado, reduzido a pequenas tiras de papel em cima da mesa. Pegou toda aquela papelada e, alegremente, jogou na lixeira.

26

Três anos antes de 1989, Gustaf havia aberto em Praga um escritório para sua firma, mas ia lá apenas poucas vezes por ano. Isso bastara para que gostasse dessa cidade e visse nela um lugar ideal para viver; não apenas por amor a Irena mas também (sobretudo, quem sabe) porque ali se sentia, mais do que em Paris, longe da Suécia, de sua família, de sua vida passada. Quando, inesperadamente, o comunismo desapareceu da Europa, ele não hesitou em impor Praga à sua empresa, como ponto estratégico para a conquista de novos mercados. Fez com que comprassem uma bela casa barroca para instalar nela os escritórios e reservou para si dois quartos no último andar. Ao mesmo tempo, a mãe de Irena, que morava sozinha numa casa dos arredores, colocou todo o primeiro andar à disposição de Gustaf, de modo que ele podia mudar de casa segundo seu humor.

Adormecida e negligenciada na época do comunismo, Praga despertou sob seus olhos, povoou-se de turistas, iluminou-se com lojas e restaurantes novos, enfeitou-se com casas barrocas restauradas e repintadas. "Prague is my town!", ele exclamou para si mesmo. Estava apaixonado por aquela cidade: não como um patriota que procura suas raízes, suas lembranças, traços de seus mortos em cada canto do país, mas como um viajante que se deixa surpreender e encantar, como uma criança que passeia, deslumbrada, num parque de diversões e não quer mais ir embora. Tendo aprendido a conhecer a história de Praga, ele discursava longamente, diante de quem quisesse ouvir, sobre suas ruas, seus palácios, suas igrejas, e dissertava sem parar sobre suas vedetes: sobre o imperador Rodolfo (protetor dos pintores e dos alquimistas), sobre Mozart (que segundo se dizia tinha tido ali uma amante), sobre Franz Kafka (que, infeliz a vida inteira nessa cidade, se tornara graças às agências de viagem o seu santo padroeiro).

Com uma velocidade inesperada, Praga esqueceu a língua russa que, durante quarenta anos, todos os habitantes foram obrigados a aprender ainda na escola primária e, impaciente para ser aplaudida no palco do mundo, ela se exibia aos passantes enfeitada de escritos em inglês: *skateboarding, snowboarding, streetwear, publishing house, National Gallery, cars for hire, pornonamarkets* e assim por diante. Nos escritórios de sua empresa, o pessoal, os parceiros comerciais, os clientes ricos, todos se dirigiam a Gustaf em inglês, de tal modo que o tcheco não era senão um murmúrio impessoal, um cenário sonoro em que apenas os fonemas anglo-saxões se destacavam como palavras humanas. Assim, um dia, quando Irena aterrissou em Praga, ele a recebeu no aeroporto não mais com seu costumeiro "Salut", em francês, mas com um "Hello!".

De uma hora para outra tudo mudou. Pois imaginemos a vida de Irena depois da morte de Martin: ela não tinha mais ninguém com quem falar em tcheco, porque as filhas se recusavam a perder tempo com uma língua tão evidentemente inútil; o francês era para ela a língua do dia a dia, sua única língua; nada, portanto, fora mais natural do que impô-la a seu sueco. Essa escolha linguística havia distribuído seus papéis: já que Gustaf falava mal o francês, ela era, no casal, o porta-voz; ela ficava inebriada com sua própria eloquência: meu Deus, depois de tanto tempo ela podia finalmente falar, falar e ser escutada! Sua superioridade verbal havia equilibrado a relação de forças; ela dependia inteiramente dele mas, em suas conversas, ela o dominava e conduzia para seu próprio mundo.

Ora, Praga estava remodelando totalmente a linguagem do casal; ele falava inglês, Irena tentava persistir em seu francês, ao qual se sentia cada vez mais ligada, mas, não contando com nenhum apoio externo (o francês não exercia mais encanto nessa cidade outrora francófila), ela acabou capitulando; as relações se inverteram: em Paris, Gustaf escutara atentamente Irena, sedento de sua palavra; em Praga, era ele que se tornava falante, muito falante, falando sem parar. Conhecendo mal o inglês, Irena compreendia pouco daquilo que ele dizia e, como não queria fazer esforço, ela o escutava pouco e falava com ele ainda menos. Seu Grande Retorno revelou-se bem curioso: nas ruas, rodeada de tchecos, o sopro de uma familiaridade de outros tempos a acariciava e, por um momento, a deixava feliz; depois, voltando para casa, ela tornava a ser uma estrangeira e se calava.

Uma conversa contínua embala os casais, sua corrente melodiosa estende um véu sobre os desejos declinantes do corpo. Quando essa conversa é interrompida, a ausência de amor físico surge como um espectro. Diante do mutismo de Irena, Gustaf perdeu a segurança. Preferiu desde então vê-la na presença de sua família, de sua mãe, do seu meio-irmão, da mulher deste último; almoçava com todos eles em casa ou no restaurante, procurando em sua companhia um abrigo, a paz. Nunca faltava assunto entre eles, pois só podiam abordar alguns: o vocabulário deles era limitado e para que se fizessem compreender todos deviam falar lentamente, se repetindo. Gustaf tinha condições de reencontrar a serenidade; esse tagarelar lento lhe convinha, era repousante, agradável e até alegre (quantas vezes riram de palavras inglesas comicamente deformadas!).

Havia muito tempo os olhos de Irena estavam vazios de desejo mas, por força do hábito, continuavam bem abertos para Gustaf, o que criava para ele um constrangimento. Para apagar as pistas e disfarçar o recuo erótico, ele se divertia com anedotas amavelmente picantes, com alusões comicamente equívocas, pronunciadas em voz alta, às gargalhadas. A mãe dela era sua maior aliada, sempre pronta a segui-lo com brincadeiras grosseiras que ela proferia num tom escandalizado, num tom de paródia, em seu inglês pueril. Ao escutá-los, Irena tinha a impressão de que o erotismo tinha se tornado para sempre uma palhaçada infantil.

27

Desde que encontrou Josef em Paris, só pensava nele. Ela rememora sem cessar a breve aventura de outrora em Praga. No bar em que estava com os amigos, ele se mostrara divertido, simpático, e só se ocupou dela. Quando saíram todos para a rua, deu um jeito de ficar sozinho com ela. Colocou em sua mão um pequeno cinzeiro que roubara para ela no bar. Logo depois aquele homem que conhecera havia pouquíssimo tempo a convidou para ir até sua casa. Noiva de Martin, ela não teve coragem e desistiu. Mas logo depois de ter recusado lamentou de uma maneira tão imediata e intensa que nunca mais o esqueceu.

Também, antes de partir para o exílio, quando fazia uma triagem daquilo que levaria e do que abandonaria, ela colocou na mala o pequeno cinzeiro de bar; no estrangeiro, ela o levava muitas vezes na bolsa, secretamente, como se fosse um amuleto.

Ela lembra que, na sala de espera do aeroporto, ele lhe disse num tom grave e estranho: "Sou um homem inteiramente livre". Ela teve a impressão de que sua história de amor, iniciada vinte anos antes, só poderia ser retomada no momento em que os dois estivessem livres.

Ela lembra uma outra frase dele: "É por mero acaso que estou de passagem por Paris"; acaso, é um outro modo de dizer: destino; foi preciso que ele passasse por Paris para que a história de amor deles continuasse no ponto em que fora interrompida.

O telefone celular na mão, ela tenta falar com ele de todos os lugares por onde passa, dos cafés, do apartamento de uma amiga, da rua. O número do hotel está certo, mas ele nunca está no quarto. O dia inteiro ela pensa nele, e, como os contrários se atraem, também em Gustaf. Quando passa numa loja de *souvenirs*, vê numa vitrine uma camiseta com o rosto abatido de um tuberculoso e uma inscrição em inglês: "Kafka was born in Prague". Essa camiseta, tão magnificamente idiota, a encanta e ela decide comprá-la.

Quase de noite, ela vai para casa com a ideia de telefonar para ele tranquilamente de lá, pois sexta-feira Gustaf chega sempre tarde; contra todas as expectativas, ele está no andar térreo com sua mãe, e a sala ressoa com sua conversa em tcheco-inglês, à qual se mistura a voz de uma televisão que ninguém olha. Ela entrega a Gustaf um pequeno embrulho: "É para você!".

Depois ela os deixa admirando o presente e sobe para o primeiro andar, onde se fecha no banheiro. Sentada no vaso, tira o telefone da bolsa. Ouve seu "Finalmente!" e, cheia de alegria, diz: "Como gostaria que você estivesse comigo, aqui onde estou"; só depois de pronunciar essas palavras teve consciência do lugar em que estava sentada e ruborizou-se; a indecência involuntária do que havia dito a surpreendia e ao mesmo tempo a excitava. Nesse momento, pela primeira vez depois de tantos anos, teve a impressão de enganar seu sueco e sentiu com isso um prazer perverso.

Quando voltou para a sala, Gustaf estava vestido com a camiseta e ria ruidosamente. Ela conhece de cor esse espetáculo: paródia de sedução, brincadeiras exageradas: imitação senil de erotismo extinto. A mãe segura Gustaf pela mão e anuncia a Irena: "Sem sua licença tomei a liberdade de vestir seu amado. Ele não está bonito?", e vira-se com ele para um grande espelho preso na parede. Observando a imagem deles, ela levanta o braço de Gustaf como se ele fosse o vencedor de uma competição olímpica e ele, docilmente, entrando no jogo, enche o peito em frente ao espelho e declama com sua voz sonora: "Kafka was born in Prague!".

28

Ela se separara do primeiro namorado sem grande sofrimento. Com o segundo foi pior. Quando ouviu ele dizer: "Se você for, entre nós será o fim. Juro que será o fim!", não conseguiu pronunciar uma só palavra. Ela o amava e ele lhe lançava no rosto aquilo que, alguns momentos antes, teria lhe parecido inconcebível, impronunciável: a ruptura entre eles.

"Entre nós será o fim." O fim. Se ele lhe promete o fim, o que ela pode lhe prometer? A frase dele traz uma ameaça, na dela também haverá uma: "Está bem", ela disse lenta e gravemente. "Então será o fim. Também prometo que você vai se lembrar disso." Em seguida virou as costas, deixando-o plantado no meio da rua.

Estava ferida, mas estaria mesmo zangada com ele? Talvez nem isso. Claro, ele poderia ter sido mais compreensivo, pois estava claro que ela não podia faltar à viagem, que era obrigatória. Ela seria forçada a simular uma doença mas, com sua honestidade desastrada, não teria conseguido. Sem dúvida ele exagerava, era injusto, mas ela sabia que era assim porque gostava dela. Conhecia seu ciúme: ele a imaginava na montanha com outros rapazes e sofria com isso.

Incapaz de se aborrecer realmente, ela o esperou na frente do colégio, para lhe explicar que mesmo com a maior boa vontade ela não podia lhe obedecer e que não havia nenhuma razão para ele ficar com ciúme; estava certa de que ele acabaria compreendendo. Na saída ele a viu mas parou para esperar um colega. Sem a oportunidade de um encontro a sós, ela o seguiu na rua e quando ele se separou do colega se precipitou em sua direção. Coitada, ela deveria ter percebido que estava tudo perdido, que seu amigo estava possuído por um frenesi incontrolável. Mal ela começou a falar e ele a interrompeu: "Você mudou de ideia? Vai desistir?". Quando ela recomeçou a explicar a mesma coisa pela décima vez, foi ele quem deu meia-volta e a deixou sozinha no meio da rua.

Ela mergulhou numa tristeza profunda, mas sempre sem sentir raiva por ele. Sabia que o amor significa dar tudo um ao outro. Tudo, a palavra fundamental. Tudo, portanto, não apenas o amor físico que ela lhe prometera, mas também a coragem, a coragem para as grandes coisas assim como para as pequenas, quer dizer, até mesmo essa coragem ínfima de desobedecer a uma ordem ridícula da escola. E ela constatou, encabulada, que apesar de seu grande amor ela não tinha sido capaz de encontrar essa coragem. Como era grotesco, grotesco a ponto de fazê-la chorar: ela estava pronta a lhe entregar tudo, sua virgindade, claro, mas também, se ele quisesse, sua saúde, faria qualquer sacrifício que ele pudesse imaginar, mas ao mesmo tempo era incapaz de desobedecer a um miserável diretor de escola. Ela deveria se deixar vencer por uma coisa tão pequena? A insatisfação que sentiu por si mesma foi insuportável e ela quis de todas as maneiras superá-la; queria atingir uma grandeza em que sua pequenez se perdesse; uma grandeza diante da qual ela acabaria por se inclinar; ela quis morrer.

29

Morrer; decidir morrer; é muito mais fácil para um adolescente do que para um adulto. O quê? A morte não priva o adolescente de uma parte muito maior do futuro? Certo, mas para um jovem o futuro é uma coisa distante, abstrata, irreal, na qual ele realmente não acredita.

Assombrada, ela olhava seu amor desfeito, o pedaço mais belo de sua vida, que se afastava, lentamente e para sempre; não existia nada para ela senão aquele passado, era com aquele passado que ela queria se mostrar, com ele que queria falar e enviar sinais. O futuro não a interessava; ela desejava a eternidade; a eternidade é o tempo que parou, que se imobilizou; o futuro torna a eternidade impossível; ela desejava aniquilar o futuro.

Mas como morrer no meio de uma multidão de estudantes, num pequeno hotel de montanha, sempre na frente de todos? Ela descobriu como: sair do hotel, ir para longe, muito longe, no meio da natureza, e, em algum lugar distante das trilhas, deitar-se na neve e dormir. A morte viria no meio do sono, a morte pelo gelo, a morte doce, sem dor. Seria preciso apenas enfrentar um momento de frio. Ela podia, aliás, abreviá-lo com a ajuda de alguns comprimidos de sonífero. Num tubo que encontrou em casa pegou cinco, não mais do que isso, para que a mãe não desconfiasse de nada.

Planejou sua morte com todo o seu espírito prático. Sair de tarde e morrer de noite, foi essa sua primeira ideia, mas abandonou-a: perceberiam imediatamente sua ausência na sala durante o jantar e decerto mais ainda no dormitório; ela não teria tempo de morrer. Astuta, escolheu o momento em que depois do almoço todo mundo fazia a sesta antes de ir esquiar: uma pausa durante a qual sua ausência não preocupará ninguém.

Ela não via a gritante desproporção entre a insignificância da causa e a enormidade do ato? Não sabia que seu projeto era um exagero? Sim, mas era precisamente o exagero que a atraía. Ela não queria ser razoável. Não queria se comportar de uma maneira comedida. Ela não queria comedimento, não queria raciocínio. Admirava sua paixão, sabendo que a paixão, por definição, é exagero. Embriagada, ela não queria sair da embriaguez.

Chega o dia escolhido. Sai do hotel. Do lado da porta há um termômetro: dez graus abaixo de zero. Segue em frente e constata que sua embriaguez é invadida pela angústia; em vão procura seu encantamento, em vão, ela apela para as ideias que acompanharam seu sonho de morte; continua seu caminho (nesse momento seus colegas fazem a sesta obrigatória) como se cumprisse uma tarefa que houvesse se ordenado, como se representasse um papel que tivesse prescrito a si mesma. Sua alma está vazia, sem nenhum sentimento, como a alma de um ator que recita um texto mas não pensa mais no que está dizendo.

Sobe por uma trilha que brilha com a neve e logo depois chega ao topo da montanha. O céu em cima está azul, muitas nuvens, ensolaradas, douradas, brincalhonas, deslocaram-se para baixo, pousando como uma grande coroa no círculo maior das montanhas em volta. É belo, é fascinante, e ela sente um breve, muito breve, sentimento de felicidade, que faz com que esqueça o objetivo de sua caminhada. Sentimento breve, muito breve, breve demais. Um depois do outro, ela toma os comprimidos, seguindo seu plano, e desce do topo em direção à floresta. Pega uma trilha, no fim de dez minutos sente chegar o sono e sabe que o fim está ali. O céu acima de sua cabeça, luminoso, luminoso. Como se, de repente, um véu se levantasse, seu coração se aperta em pânico. Ela se sente presa numa armadilha num palco iluminado em que todas as saídas estão fechadas.

Senta-se embaixo de um pinheiro, abre a bolsa e pega um espelho. É um pequeno espelho redondo, ela o segura na frente do rosto e se olha. Ela é bonita, é muito bonita, e ela não quer deixar essa beleza, não quer perdê-la, quer levá-la com ela, ah, já está cansada, tão cansada, mas mesmo cansada se extasia com sua beleza, pois ela é o que tem de mais caro neste mundo.

Ela se olha no espelho, depois vê seus lábios tremerem. É um movimento descontrolado, um tique. Já constatou muitas vezes essa reação em si mesma, sentiu-a no rosto, mas é a primeira vez que a vê. Ao vê-la fica duplamente comovida: comovida com sua beleza e comovida com seus lábios que tremem; comovida com sua beleza e comovida com a emoção que sacode essa beleza e a deforma; comovida com a beleza que seu corpo chora. Invadida por uma imensa piedade por sua beleza, que em breve não existirá mais, piedade pelo mundo que também não existirá mais, que já não existe mais, que já é inacessível, pois o sono já chegou, carregando-a, fugindo com ela, para o alto, bem alto, em direção àquela imensa claridade que cega, em direção ao céu azul, luminosamente azul.

30

Quando seu irmão lhe diz: "Pelo que sei, você se casou lá no estrangeiro", ele respondeu: "Sim", sem acrescentar mais nada. Talvez bastasse que o irmão usasse uma outra frase e, em vez de "você se casou", perguntasse: "Você está casado?". Nesse caso Josef teria respondido: "Não, sou viúvo". Não tinha intenção de enganar o irmão, mas a maneira como ele formulou a frase permitiu que, sem que precisasse mentir, ele se calasse sobre a morte de sua mulher.

Durante a conversa que se seguiu, o irmão e a cunhada evitaram qualquer alusão a ela. Evidentemente, era por constrangimento: por razões de segurança (para evitar que fossem intimados pela polícia) se proibiram qualquer contato com o parente exilado e nem tinham percebido que essa prudência que haviam se imposto logo se transformou num sincero desinteresse: eles não sabiam nada sobre sua mulher, nem sua idade, nem seu nome, nem sua profissão e, com seu silêncio, queriam dissimular essa ignorância, que revelava toda a pobreza de seu relacionamento com ele.

Mas Josef não se ofendeu; sua ignorância convinha a ele. Depois de enterrá-la, ele sempre se sentia pouco à vontade quando era obrigado a informar alguém sobre a morte da mulher; como se assim a traísse em sua mais profunda intimidade. Calando-se sobre sua morte, tinha sempre a sensação de protegê-la.

Pois a mulher morta é uma mulher indefesa; não possui mais poder, não possui mais influência: não respeitam mais nem seus desejos nem seus gostos; a mulher morta não pode desejar nada, não pode aspirar a nenhuma estima, refutar nenhuma calúnia. Nunca sentira por ela uma compaixão tão dolorosa, tão torturante, como depois de sua morte.

31

Jonas Hallgrimsson era um grande poeta romântico e também um grande combatente da independência na Islândia. Todas as pequenas nações da Europa conheciam no século XIX esses poetas românticos e patriotas: Petöfi na Hungria, Mickiewicz na Polônia, Preseren na Eslovênia, Macha na Boêmia, Chevtchenko na Ucrânia, Wergeland na Noruega, Lönnrot na Finlândia e outros mais. A Islândia era na época uma colônia da Dinamarca e Hallgrimsson vivia seus últimos anos na capital. Todos os grandes poetas românticos, além de grandes patriotas, eram grandes beberrões. Um dia, totalmente bêbado, Hallgrimsson caiu de uma escada, quebrou a perna, teve uma infecção, morreu e foi enterrado no cemitério de Copenhague. Era 1845. Noventa e nove anos mais tarde, em 1944, a República Islandesa foi proclamada. Daí por diante os acontecimentos se precipitaram. Em 1946, a alma do poeta visitou em seu sono um rico industrial islandês e abriu-se com ele: "Há cem anos meu esqueleto permanece em terra estrangeira, num país inimigo. Não chegou o momento de ele voltar para sua Ítaca livre?".

Lisonjeado e exaltado com essa visita noturna, o industrial patriota mandou retirar da terra inimiga o esqueleto do poeta e levou-o para a Islândia, sonhando sepultá-lo no belo vale onde o poeta nascera. Mas ninguém pôde evitar que os acontecimentos se precipitassem: na paisagem indescritivelmente bela de Thingvellir (o lugar sagrado onde, mil anos antes, o parlamento islandês se reunia a céu aberto), os ministros da recente República haviam criado um cemitério para os grandes homens da pátria; roubaram o poeta ao industrial e o enterraram no panteão que na época só tinha um túmulo, o de outro grande poeta (as pequenas nações transbordam de grandes poetas), Einar Benediktsson.

Mas mais uma vez os acontecimentos se precipitaram e logo todo mundo soube aquilo que o industrial patriota não ousava confessar: plantado diante da sepultura aberta em Copenhague, ele se sentia muito constrangido: o poeta estava enterrado entre os pobres, sua sepultura não tinha nenhum nome, apenas um número, e o industrial patriota, diante de vários esqueletos entrelaçados uns aos outros, não sabia qual deles escolher. Diante dos severos e impacientes burocratas do cemitério, ele não ousava mostrar sua hesitação. Assim, levou para a Islândia não o poeta islandês mas um açougueiro dinamarquês.

Na Islândia, primeiro tentaram esconder esse equívoco lugubremente cômico, mas os acontecimentos continuaram seu curso e, em 1948, o indiscreto Halldor Laxness divulgou essa verdade secreta num romance. O que fazer? Calar-se. Portanto, o esqueleto de Hallgrimssom permanece ainda dois mil quilômetros distante de sua Ítaca, em país inimigo, enquanto o corpo do açougueiro dinamarquês, que sem ser poeta também era patriota, se encontra banido numa ilha glacial que nele nunca despertou nada a não ser medo e repugnância.

Mesmo mantida em segredo, a verdade teve como resultado que mais ninguém fosse enterrado no belo cemitério de Thingvellir, que abriga apenas dois túmulos, e que portanto, entre todos os panteões do mundo, esses grotescos museus do orgulho, é o único capaz de nos comover.

Há muito tempo, a mulher de Josef lhe contara essa história; ela lhe pareceu engraçada e dela parecia se retirar facilmente uma lição de moral: não se deve levar a sério o lugar onde ficam os ossos de um morto.

E, no entanto, Josef mudou de opinião quando a morte da mulher tornou-se próxima e inevitável. Na mesma hora a história do açougueiro dinamarquês transportado à força para a Islândia não lhe pareceu engraçada, mas sim aterradora.

32

Havia muito tempo já se habituara à ideia de morrer junto com ela. Não se tratava de um exagero romântico, e sim de uma reflexão racional: no caso de uma doença incurável da mulher, ele tinha decidido abreviar o sofrimento dela; para não ser acusado de assassinato, planejava morrer também. Com efeito, logo ela ficou gravemente doente, sofrendo horrivelmente, e Josef não pensou mais em suicídio. Não por medo de perder a própria vida. Mas não podia suportar a ideia de deixar aquele corpo tão amado à mercê de mãos estranhas. Se ele morresse, quem protegeria a morta? Como um cadáver defenderia um outro?

No passado, na Boêmia, havia assistido à agonia de sua mãe; ele a amava muito mas, no mesmo instante em que ela morreu, o corpo dela deixou de interessá-lo; para ele o cadáver não era mais ela. Aliás, dois médicos, seu pai e seu irmão, tomavam conta da moribunda e ele, em ordem de importância, era apenas o terceiro da família. Dessa vez, tudo era diferente: a mulher que ele via agonizar só pertencia a ele; ele tinha ciúme de seu corpo e queria cuidar de seu destino póstumo. Devia até se censurar: ela ainda estava viva, estendida diante dele, falava com ele, e ele pensava nela como morta; ela olhava para ele, seus olhos maiores do que nunca, e em espírito ele se ocupava de seu enterro e de seu túmulo. Ele se censurava por essa escandalosa traição, uma impaciência, um desejo secreto de precipitar sua morte. Mas não podia fazer nada: sabia que, depois da morte, os parentes a reivindicariam para o túmulo da família, e essa ideia o horrorizava.

Desprezando as preocupações funerárias, havia tempos

eles tinham preparado negligentemente seu testamento; as instruções que diziam respeito a seus bens eram bastante simples e aquelas que diziam respeito à sepultura nem eram mencionadas. Essa omissão preocupava-o enquanto sua mulher estava morrendo, mas, como queria convencê-la de que ela venceria a morte, teve que se calar. Como poderia confessar àquela infeliz que continuava a acreditar na sua cura, como lhe confessar o que estava pensando? Como falar do testamento? Ainda mais que ela já estava delirando e que suas ideias se embaralhavam.

A família da mulher, uma família grande e influente, nunca gostara de Josef. Ele tinha a impressão de que o conflito que surgiria em torno do corpo da mulher seria o mais duro e o mais importante que enfrentaria na vida. A ideia de que esse corpo pudesse ficar encerrado numa obscena promiscuidade com outros corpos, estranhos e indiferentes, era insuportável, assim como a ideia de que ele mesmo, depois de morto, pudesse ficar não se sabe onde, mas, certamente, longe dela. Permitir isso lhe parecia uma derrota tão imensa quanto a eternidade, uma derrota para sempre imperdoável.

Aquilo que ele temia aconteceu. Ele não pôde evitar o embate. Sua sogra gritou para ele: "É minha filha! É minha filha!". Ele teve que contratar um advogado, gastar muito dinheiro para acalmar a família, comprar rapidamente um lugar no cemitério, agir mais rápido do que os outros para vencer a última batalha.

A atividade febril de uma semana sem dormir evitou que sofresse, mas aconteceu uma coisa ainda mais estranha: quando ela estava na sepultura deles (uma sepultura para dois, como uma carruagem para dois), ele vislumbrou, na escuridão de sua tristeza, um raio, raio tênue, trêmulo, quase invisível, de felicidade. Felicidade de não ter decepcionado sua amada; de ter assegurado, para ela e para ele, um futuro comum.

33

Um instante antes, ela estava dissolvida no azul radiante! Era imaterial, tinha se transformado em claridade!

Depois, subitamente, o céu ficou negro. E ela, caída na terra, se transformou em matéria pesada e escura. Mal compreendendo o que acontecera, ela não conseguia desviar os olhos lá de cima: o céu estava negro, negro, implacavelmente negro.

Uma parte de seu corpo tremia de frio, a outra estava insensível. Ficou assustada. Levantou-se. Depois de alguns longos momentos, ela se lembrou: um hotel na montanha; os colegas. Confusa, com o corpo tremendo, procurou um caminho. No hotel chamaram a ambulância que a levou.

Nos dias que se seguiram, em sua cama no hospital, seus dedos, suas orelhas, seu nariz, no começo insensíveis, incomodaram muito. Os médicos a acalmavam mas uma enfermeira teve grande prazer em lhe contar todos os possíveis efeitos do gelo: podia ser que acabassem tendo que amputar os dedos. Apavorada, ela imaginou um machado: um machado de cirurgião, uma machadinha de açougueiro, imaginou a mão sem dedos e os dedos cortados colocados perto dela numa mesa de operação, na sua frente. À noite, no jantar lhe trouxeram carne. Ela não conseguiu comer. Imaginou que no prato estavam pedaços de sua própria carne.

Seus dedos, dolorosamente, voltaram à vida, mas sua orelha esquerda ficou escura. O cirurgião, velho, triste, compreensivo, sentou-se na sua cama para anunciar a amputação. Ela gritou. Sua orelha esquerda! Sua orelha! Meu Deus, gritou. Seu rosto, seu belo rosto com uma orelha cortada! Ninguém conseguiu acalmá-la.

Oh, como tudo tinha acontecido exatamente ao contrário do que ela esperava! Ela pensara em se tornar uma eternidade que anularia todo o futuro e, em vez disso, o futuro estava novamente ali, invencível, hediondo, repugnante, como uma serpente que se enroscasse na sua frente, esfregando-se nas suas pernas, avançando para indicar o caminho.

No colégio, espalhou-se a notícia de que ela havia sumido e voltado coberta de lesões provocadas pelo frio. Foi acusada de indisciplinada porque, em vez de seguir o programa obrigatório, ficou vagando sem rumo, sem ter ao menos o mais elementar sentido de direção para encontrar o hotel, facilmente visível à distância.

Voltando para casa, recusou-se a sair para a rua. Ficava horrorizada ao encontrar pessoas conhecidas. Seus pais, desesperados, discretamente conseguiram sua transferência para outro colégio, numa cidade próxima.

Oh, como tudo tinha acontecido exatamente ao contrário do que ela esperava! Havia sonhado morrer misteriosamente. Havia feito tudo para que ninguém soubesse se sua morte tinha sido acidente ou suicídio. Havia desejado que sua morte fosse um sinal secreto, um sinal de amor vindo do além, compreensível só para ele. Havia previsto tudo, menos, talvez, o número de soníferos, menos, talvez, a temperatura que, enquanto ela morria, tinha subido. Pensara que o gelo a lançaria num sono profundo e na morte, mas o sono foi muito leve; ela abrira os olhos e vira o céu negro.

Os dois céus tinham dividido sua vida em duas partes: o céu azul e o céu negro. Era sob esse outro céu que ela caminharia em direção à sua morte, sua morte verdadeira, a distante e trivial morte da velhice.

E ele? Ele vivia sob um céu que não existia para ela. Ele não a procurava mais, ela não o procurava mais. Sua lembrança não despertava nela nem amor nem ódio. Quando pensava nele, sentia-se anestesiada. Sem ideias, sem emoções.

34

A vida do homem dura em média oitenta anos. É contando com essa duração que cada um imagina e organiza sua vida. O que acabo de dizer, todo mundo sabe, no entanto raramente nos damos conta de que o número que nos cabe não é um simples dado quantitativo, uma característica exterior (como o comprimento do nariz ou a cor dos olhos), mas faz parte da própria definição do homem. Aquele que pudesse viver, com toda sua força, por um tempo duas vezes maior, portanto, digamos, cento e sessenta anos, não pertenceria à mesma espécie que nós. Nada mais seria parecido em sua vida, nem o amor, nem as ambições, nem os sentimentos, nem a nostalgia, nada. Se um exilado, depois de vinte anos no estrangeiro, voltasse a seu país natal ainda com cem anos de vida pela frente, certamente não sentiria a emoção de um Grande Retorno, é provável que para ele não se trataria absolutamente de um retorno, mas apenas de um dos muitos desvios no longo percurso de sua existência.

Pois a própria noção de pátria, no sentido nobre e sentimental dessa palavra, está ligada à brevidade relativa de nossa vida, que nos dá muito pouco tempo para que nos afeiçoemos a outro país, a outros países, a outras línguas.

Os relacionamentos eróticos podem preencher toda a vida adulta. Mas, se essa vida for muito mais longa, o tédio não sufocará a capacidade de excitação muito antes de as forças físicas declinarem? Pois existe uma enorme diferença entre o primeiro, o décimo, o centésimo, o milésimo ou o milionésimo coito. Onde se situa a fronteira depois da qual a repetição se tornará estereotipada, ou então cômica, até mesmo impossível? E, ultrapassado esse limite, o que se tornará a relação amorosa entre um homem e uma mulher? Desaparecerá? Ou, ao contrário, os amantes transformarão a fase sexual de sua vida na pré-história bárbara de um verdadeiro amor?

Responder a essas perguntas é tão fácil quanto imaginar a psicologia dos habitantes de um planeta desconhecido.

A noção de amor (de grande amor, amor único) provavelmente nasceu, ela também, dos limites estreitos do tempo que nos foi dado. Se esse tempo fosse ilimitado, seria Josef tão ligado a sua mulher falecida? Nós, que devemos morrer tão cedo, não sabemos.

35

A memória, ela também não pode ser compreendida sem uma abordagem matemática. O dado fundamental é a relação numérica entre o tempo da vida vivida e o tempo de vida armazenado na memória. Nunca se tentou calcular essa relação e aliás não existe nenhum meio técnico de fazer isso; no entanto, sem grande risco de engano, posso supor que a memória não guarda senão um milionésimo ou um bilionésimo, em suma, uma parcela ínfima da vida vivida. Isso também faz parte da essência do homem. Se alguém pudesse reter na memória tudo o que viveu, se pudesse a qualquer momento evocar qualquer fragmento do passado que quisesse, não teria nada a ver com os humanos: nem seus amores, nem suas amizades, nem suas raivas, nem sua faculdade de perdoar ou de se vingar se pareceriam com os nossos.

Poder-se-iam criticar indefinidamente aqueles que deformam o passado, o reescrevem, o falsificam, que aumentam a importância de um acontecimento, se calam a respeito de outro; essas críticas são justas (não podem deixar de ser) mas não têm grande importância se não são precedidas por uma crítica mais elementar: a crítica da memória humana como tal. Do que essa pobre coitada é capaz? Ela só pode reter uma pequena parcela do passado, sem que ninguém saiba por que justamente aquela e não outra, pois essa escolha, cada um de nós a faz misteriosamente, sem o controle de nossa vontade e de nossos interesses. Nada compreenderemos da vida humana se persistirmos em escamotear a primeira de todas as evidências: uma realidade tal qual quando ela existiu não existe mais; sua restituição é impossível.

Mesmo os arquivos mais abundantes se mostram impotentes. Consideremos o velho diário de Josef como uma peça de arquivo que conserva as anotações do autêntico testemunho de um passado; elas falam de fatos que seu autor não tem razão para negar mas que sua memória tampouco pode confirmar. De tudo o que o diário conta, apenas um detalhe despertou uma lembrança nítida e, certamente, precisa: ele se viu numa trilha na floresta, contando a uma colegial a mentira de sua mudança para Praga; essa pequena cena, mais exatamente a sombra dessa cena (pois ele só se lembra do sentido geral da afirmação e do fato de ter mentido), é a única parcela de vida que, sonolenta, permanece armazenada na sua memória. Mas ela está isolada do que a precedeu e do que se seguiu: o que havia dito, o que havia feito a colegial para fazer com que ele inventasse essa mentira? E o que aconteceu nos dias seguintes? Quanto tempo ele persistiu em sua mentira? E como ele se livrou dela?

Se quisesse contar essa lembrança como uma pequena anedota com um sentido, seria obrigado a inseri-la numa sequência causal de outros acontecimentos, outros fatos, outras palavras; e como os tinha esquecido, só podia inventar, não para enganar os outros, mas para tornar as recordações mais inteligíveis; o que, aliás, fez espontaneamente para si mesmo quando ainda estava debruçado sobre as linhas do diário:

o fedelho estava desesperado por não encontrar no amor da colegial nenhum sinal de êxtase; quando tocava sua coxa, ela afastava sua mão; para puni-la, ele lhe disse que ia para Praga; triste, ela deixou que ele a tocasse e declarou compreender os poetas que permaneciam fiéis até a morte; tudo se passou maravilhosamente bem, até que depois de uma semana ou duas a moça deduziu que com a mudança programada pelo amigo ela devia trocá-lo por outro; começou a procurar, o fedelho desconfiou e não pôde controlar o ciúme; sob o pretexto de uma temporada na montanha à qual ela iria sem ele, fez uma cena histérica; tornou-se ridículo; ela o deixou.

Apesar de ter pretendido manter-se o mais próximo possível da verdade, Josef não podia querer que sua anedota fosse idêntica àquilo que realmente tinha vivido; sabia que era apenas o verossímil a recobrir aquilo que havia sido esquecido.

Imagino a emoção de dois seres que se reencontram depois de muitos anos. Outrora se frequentavam e portanto pensavam que estavam ligados pela mesma experiência, pelas mesmas lembranças. As mesmas lembranças? É aqui que começa o mal-entendido: eles não têm as mesmas recordações; ambos retêm do passado duas ou três pequenas situações, mas cada um retém as suas; suas lembranças não se parecem; não se encontram; e, mesmo quantitativamente, não são comparáveis: um se lembra do outro mais do que este se lembra dele; primeiro porque a capacidade da memória de cada um difere de um indivíduo para outro (o que ainda seria uma explicação aceitável para cada um deles), e também (e é mais penoso admitir isto) porque eles não têm, um para o outro, a mesma importância. Quando Irena viu Josef no aeroporto, ela se lembrou de cada detalhe daquela aventura distante; Josef não se lembrava de nada. Desde o primeiro instante, seu encontro teve como fundamento uma desigualdade injusta e revoltante.

36

Quando duas pessoas vivem no mesmo apartamento, se veem todos os dias e, mais ainda, se amam, as conversas cotidianas harmonizam suas duas memórias: num consentimento tácito e inconsciente, deixam no esquecimento vastas zonas de suas vidas e falam e tornam a falar de alguns mesmos acontecimentos dos quais fazem o mesmo relato, que, como uma brisa nos ramos, murmura sobre suas cabeças e lhes lembra constantemente que eles viveram juntos.

Quando Martin morreu, a violenta corrente das preocupações transportou Irena para longe dele e daqueles que o conheciam. Ele desapareceu das conversas, e mesmo suas duas filhas, muito pequenas quando ele era vivo, não mostravam mais interesse por ele. Um dia ela encontrou Gustaf, que, para prolongar a conversa, contou-lhe que conhecia seu marido. Foi a última vez que Martin ficou com ela, forte, importante, influente, servindo de ligação com seu próximo amante. Depois de ter cumprido essa missão, ele desapareceu para sempre.

Muito tempo antes, em Praga, no dia de seu casamento, Martin instalou Irena na sua casa; como tinha sua biblioteca e seu escritório no primeiro andar, ele reservou o térreo para a vida de marido e pai; antes de partir para a França, ele cedera a casa para a sogra, que, vinte anos depois, ofereceu o primeiro andar, inteiramente reformado nesse meio-tempo, a Gustaf. Milada, quando veio visitar Irena, se lembrou do antigo colega: "Martin trabalhava aqui", ela disse, sonhadora. No entanto não houve nenhuma sombra de Martin depois dessas palavras. Havia muito tempo, ele fora desalojado da casa, ele e todas as suas sombras.

Depois da morte da mulher, Josef constatou que, sem as conversas cotidianas, o murmúrio de sua vida passada se enfraquecia. Para intensificá-lo, esforçou-se para fazer reviver a imagem da mulher, mas a pobreza do resultado o afligiu. Ela exibia uma dezena de sorrisos diferentes. Ele obrigou sua imaginação a redesenhá-los. Fracassou. Ela possuía o dom de dar respostas engraçadas e rápidas que o encantavam. Ele não foi capaz de se lembrar de nenhuma. Um dia, ele se perguntou: se somasse aquelas poucas recordações que restavam da vida em comum, quanto tempo daria? Um minuto? Dois minutos?

Eis ainda outro enigma da memória, mais fundamental do que todos os outros: teriam as lembranças um volume temporal mensurável? Teriam uma duração? Ele tenta reconstituir seu primeiro encontro: vê uma escada, que desce da calçada para o subsolo de uma cervejaria; vê alguns casais isolados numa penumbra amarelada; enxerga sua futura mulher sentada à sua frente, um copo de bebida na mão, o olhar fixo nele, com um sorriso tímido. Durante longos minutos ele a observa, segurando o copo, sorrindo, repara naquele rosto, naquela mão, e durante todo esse tempo ela continua imóvel, não levará o copo aos lábios, nada modificará de seu sorriso. É aí que está o horror: o passado que lembramos é desprovido de tempo. Impossível reviver um amor como relemos um livro ou como revemos um filme. Morta, a mulher de Josef não tem nenhuma dimensão, nem material nem temporal.

Mesmo os esforços para ressuscitá-la em seu espírito se tornaram rapidamente uma tortura. Em vez de rejubilar-se de ter redescoberto este ou aquele instante esquecido, ficou desesperado pela imensidão do vazio que envolvia aquele instante. Um dia, ele se proibiu a dolorosa peregrinação pelos corredores do passado e pôs fim às tentativas de fazê-la reviver tal como era. Disse a si mesmo que, com essa fixação pela vida passada, ele a relegava traiçoeiramente a um museu de objetos perdidos e a excluía de sua vida presente.

Aliás, eles nunca cultivaram as lembranças. Claro, eles não tinham destruído as cartas íntimas nem as agendas em que haviam anotado seus compromissos e seus encontros. Mas a ideia de relê-las nunca lhes ocorrera. Ele, portanto, decidiu viver com a morta como vivera com a viva. Não ia mais até seu túmulo para lembrá-la e sim para ficar com ela;

para ver seus olhos que olhavam para ele, e que o olhavam não do passado, mas do instante presente.

Então teve início para ele uma vida nova: a coabitação com a morta. Um novo relógio começou a organizar seu tempo. Apaixonada por limpeza, ela se aborrecia com a desordem que ele espalhava por toda parte. Daí em diante, ele mesmo arrumava sozinho a casa, cuidadosamente. Pois ele gosta da casa ainda mais do que quando ela era viva: a entrada baixa de madeira com uma pequena porta; o jardim; o pinheiro na frente da casa de tijolos vermelho-escuros; as duas poltronas, uma em frente à outra, onde se sentavam depois de voltar do trabalho; o rebordo da janela onde ela sempre colocava, de um lado, um vaso de flores, do outro, uma lâmpada; essa lâmpada, eles a deixavam acesa quando se ausentavam para enxergá-la de longe, da rua, quando voltavam para casa. Ele respeita todos esses hábitos, deixando cada cadeira, cada vaso, exatamente onde ela gostava que ficassem.

Ele revisita os lugares de que gostavam: o restaurante à beira-mar onde o dono nunca se esquece de lembrar-lhe o peixe preferido de sua mulher; numa pequena cidade vizinha, a praça retangular com as casas pintadas de vermelho, de azul, de amarelo, de uma beleza modesta que os encantava; ou, numa visita a Copenhague, o cais do qual um grande navio branco, todos os dias às seis da tarde, saía em direção ao mar. Ali eram capazes de ficar imóveis, olhando a cena durante longos minutos. Antes da partida, ouvia-se música alta, jazz da velha guarda, um convite à viagem. Desde a morte dela, ele vai muito lá, imagina que ela está a seu lado e sente o desejo de ambos de embarcar nesse navio branco noturno, nele dançar, dormir e acordar em algum lugar, longe, muito longe, ao norte.

Ela o queria elegante e se ocupava pessoalmente de seu guarda-roupa. Ele não esqueceu qual camisa ela preferia ou de qual ela não gostava. Para essa temporada na Boêmia, escolheu de propósito um terno que a deixava indiferente. Não queria dar muita importância àquela viagem. Não era uma viagem para ela, nem com ela.

37

Pensando no encontro do dia seguinte, Irena quer passar o sábado calmamente, como um desportista na véspera de uma competição. Gustaf está na cidade, onde terá um maçante almoço de negócios, e mesmo à noite não estará em casa. Ela aproveita sua solidão, dorme bastante e depois fica em casa, tentando não encontrar a mãe; do térreo ela ouve seu vaivém, que só termina por volta de meio-dia. Quando finalmente ouve a porta bater com força, certa de que a mãe havia saído, ela desce, come distraidamente alguma coisa na cozinha e também vai embora.

Na calçada, ela para, encantada. Este bairro, com seus jardins em volta das casas, mostra sob o céu de outono uma beleza discreta que aperta seu coração e a convida para um longo passeio. Ela se lembra de ter tido vontade de fazer o mesmo passeio, longo e pensativo, durante os últimos dias que precederam seu exílio, a fim de se despedir dessa cidade, de todas as ruas que amava; mas, com muito por organizar, não teve tempo.

Vista dali, Praga é uma grande faixa verde de quarteirões pacíficos, com pequenas ruas balizadas com árvores. É a essa Praga que ela é afeiçoada, não àquela, suntuosa, do centro; a essa Praga nascida no final do século passado, a Praga da pequena burguesia tcheca, a Praga de sua infância, onde, no inverno, ela esquiava por aquelas pequenas ruas que subiam e desciam, a Praga onde as florestas dos arredores, na hora do crepúsculo, entravam inopinadamente para espalhar seu perfume.

Sonhadora, ela caminha; durante alguns segundos entrevê Paris, que, pela primeira vez, lhe parece hostil: geometria fria das avenidas; orgulho do Champs-Elysées; rostos severos de mulheres gigantes, de pedra, que representam a Igualdade ou a Fraternidade; e em nenhum lugar, nenhum lugar, um único toque dessa intimidade amável, um só sopro desse idílio que ela respira aqui. Aliás, durante todo o seu exílio foi esta imagem que ela guardou como emblema do país perdido: as pequenas casas com jardins que se estendiam a perder de vista numa terra ondulada. Ela se sentiu feliz em Paris, mais do que aqui, mas um laço secreto de beleza a ligava só a Praga. Compreendeu de repente como ela amava aquela cidade e como sua partida deve ter sido dolorosa.

Ela se lembra daqueles últimos dias febris: na confusão dos primeiros meses de ocupação, deixar o país era ainda fácil e era possível despedir-se dos amigos sem nenhum temor. Mas tinham muito pouco tempo para ver todos eles. No impulso do momento, dois ou três dias antes de sua partida, foram visitar um velho amigo, solteiro, e passaram com ele algumas horas emocionadas. Só mais tarde, na França, souberam que, se esse homem lhes dispensara por tanto tempo uma atenção tão grande, era porque tinha sido encarregado pela polícia de vigiar Martin. Na véspera de sua partida, sem avisar, ela foi até a casa de uma colega e tocou a campainha. Surpreendeu-a em plena discussão com outra mulher. Sem dizer uma palavra, ouviu por longo tempo uma conversa que não lhe dizia respeito, esperando um gesto, uma frase de encorajamento, uma palavra de despedida; em vão. Elas teriam esquecido que ela estava de partida? Ou fingiam se esquecer? Ou será que sua presença ou ausência não significava mais nada para elas? E sua mãe. No momento da partida, ela não a beijou. Beijou Martin, ela não. Apertou firmemente o ombro de Irena, ao mesmo tempo proferindo, com voz sonora: "Não gostamos de externar nossos sentimentos!". As palavras pretendiam ser virilmente cordiais, mas eram glaciais. Relembrando agora todos esses adeuses (falsos adeuses, adeuses postiços), ela se diz: aquele que não soube dar adeus não pode esperar grande coisa de seus reencontros.

Já faz duas ou três horas que ela caminha nesses bairros verdes. Chega a um parapeito que cerca um pequeno parque de onde se vê Praga: vê-se o Castelo por trás, pelo seu lado secreto; é uma Praga de cuja existência Gustaf não desconfia; e na mesma hora ocorrem a ela nomes que, quando jovem, lhe eram caros: Macha, poeta do tempo em que seu país, como uma ninfa, saía das brumas; Neruda, contista popular tcheco; as canções de Voskovec e Werich, dos anos 30, que seu pai, morto quando ela era criança, tanto apreciava; Hrabal e Skvorecky, romancistas de sua adolescência; e os pequenos teatros e cabarés dos anos 60, tão livres, tão alegremente livres com seu humor irreverente; era o perfume incomunicável desse país, sua essência imaterial, que ela levara consigo para a França.

Debruçada no parapeito, ela olha na direção do Castelo; para chegar lá bastariam quinze minutos. É ali que começa a Praga dos cartões-postais, a Praga sobre a qual a História em seus delírios imprimiu seus múltiplos estigmas, a Praga dos turistas e das putas, a Praga dos restaurantes tão caros, nos quais seus amigos tchecos não podem pôr os pés, a Praga dançarina que se retorce sob os projetores, a Praga de Gustaf. Diz a si mesma que para ela não existe lugar mais estrangeiro do que aquela Praga. Gustaftown. Gustafville. Gustafstadt. Gustafgrad.

Gustaf: ela o vê, os traços esmaecidos atrás do vidro fosco de uma língua que ela conhece pouco, e ela se diz, quase gostando, que foi assim mesmo que a verdade finalmente se revelou: ela não sente nenhuma necessidade de compreendê-lo nem de ser compreendida por ele. Ela o vê jovial, de camiseta, gritando que Kafka was born in Prague, e sente um desejo invadir seu corpo, o indomável desejo de ter um amante. Não para remendar sua vida. Mas para virá-la de cabeça para baixo. Para ter enfim seu próprio destino.

Pois ela nunca escolheu nenhum homem. Sempre foi ela a escolhida. De Martin ela acabou gostando, mas no começo ele foi a oportunidade de fugir de sua mãe. Na aventura com Gustaf, julgava ter encontrado a liberdade. Mas agora compreendia que não era senão uma variante de sua relação com Martin: ela segurou numa mão que lhe haviam estendido e que a fez sair de circunstâncias que não era capaz de assumir.

Sabe que possui o dom da gratidão; sempre considerou essa sua principal virtude; quando a gratidão ordenava, um sentimento de amor aparecia como um escravo dócil. Era sinceramente devotada a Martin, e também sinceramente a Gustaf. Mas seria isso motivo de orgulho? Não seria a gratidão apenas outro nome para a fraqueza, a dependência? O que ela quer agora é o amor sem nenhuma gratidão! Sabe que tal amor, ele tem que ser pago com um ato audacioso e arriscado. Pois, na vida amorosa, nunca foi audaciosa, nem nunca soube o que isso significava.

De repente foi como um pé de vento: o desfile acelerado dos velhos sonhos de exílio, de velhas angústias: ela vê mulheres que correm, que a cercam e, levantando suas canecas de cerveja, rindo perfidamente, a impedem de ir embora; está numa butique onde outras mulheres, as vendedoras, se precipitam em sua direção, fazem-na vestir uma roupa que em seu corpo se transforma numa camisa de força.

Por um longo momento ela se apoia no parapeito, depois se endireita. Tem certeza de que escapará; que não permanecerá nessa cidade; nem nessa cidade nem na vida que essa cidade tece para ela.

Ela caminha e se diz que hoje finalmente realizará seu passeio de despedida, aquele que, outrora, não fizera; pode finalmente dar seu Grande Adeus à cidade que ama mais que qualquer outra e que ela está pronta para perder mais uma vez, sem remorso, para que conquiste sua própria vida.

38

Quando o comunismo se foi da Europa, a mulher de Josef insistiu para que ele fosse rever seu país. Queria acompanhá-lo. Mas ela morreu e desde então ele só pensou em sua nova vida com a ausente. Esforçava-se para pensar que era uma vida feliz. Mas será que se pode falar em felicidade? Sim; de uma felicidade que, como um raio tênue e trêmulo, atravessasse sua dor, uma dor resignada, calma e ininterrupta. Há um mês, incapaz de livrar-se da tristeza, lembrou-se das palavras da sua morta: "Não voltar lá seria de sua parte anormal, injustificável, seria até feio"; realmente, ele disse a si mesmo, essa viagem que ela tantas vezes sugerira poderia, agora, ajudá-lo; distraí-lo pelo menos por alguns dias, de sua própria vida, que lhe fazia tanto mal.

Enquanto se preparava para a viagem, uma ideia, timidamente, passou pela sua cabeça: e se ficasse lá para sempre? Afinal de contas, poderia exercer da mesma maneira seu trabalho como veterinário tanto na Boêmia como na Dinamarca. Até então, isso lhe parecera inaceitável, quase uma traição àquela que amava. Mas se perguntou: seria realmente uma traição? Se a presença de sua mulher é imaterial, por que ela estaria ligada à materialidade de um só lugar? Ela não poderia permanecer com ele tanto na Boêmia como na Dinamarca?

Ele deixou o hotel e passeia de carro: almoça num restaurante no campo; em seguida anda através dos bosques; pequenas trilhas, roseiras selvagens, árvores, árvores; estranhamente emocionado, ele vê aquelas colinas verdejantes no horizonte e ocorre-lhe a ideia de que por duas vezes os tchecos estiveram prontos para morrer a fim de que aquela paisagem continuasse a lhes pertencer: em 1938, quiseram lutar contra Hitler; quando foram impedidos por seus aliados franceses e ingleses, ficaram desesperados. Em 1968, os russos invadiram o país e, de novo, quiseram lutar; condenados à mesma capitulação, caíram novamente no mesmo desespero.

Estar pronto para dar a vida por seu país: todas as nações conheceram essa tentação para o sacrifício. Os adversários dos tchecos, aliás, também a conheceram: os alemães e os russos. Mas são grandes povos. O patriotismo deles é diferente: eles são exaltados por sua glória, sua importância, sua missão universal. Os tchecos amavam sua pátria não porque ela era gloriosa mas porque era desconhecida; não porque ela era grande mas porque era pequena e estava sempre em perigo. Seu patriotismo era uma imensa compaixão por seu país. Os dinamarqueses são parecidos. Não foi por acaso que Josef escolheu para seu exílio um país pequeno.

Comovido, ele olha a paisagem e se diz que a História de sua Boêmia durante esse meio século é fascinante, única, inédita, e que não se interessar por ela seria estreiteza de espírito. Na manhã seguinte vai ver N. Como ele teria vivido durante todo o tempo em que não se viram? O que pensava da ocupação russa do país? E como teria vivido o fim do comunismo, no qual outrora acreditava, sinceramente, honestamente? Como sua formação marxista se acomodava com a volta do capitalismo, aplaudido por todo o planeta? Estaria revoltado? Teria abandonado suas convicções? Se as abandonara, para ele isso seria um drama? E como os outros se comportavam em relação a ele? Ouve a voz da cunhada, que certamente, como caçadora de culpados, gostaria de vê-lo algemado diante de um tribunal. N. não teria necessidade de ouvir que Josef afirmasse que a amizade existe apesar de todas as contorções da História?

Seu pensamento se volta para a cunhada: ela detestava os

comunistas porque eles contestavam o direito sagrado à propriedade. E a mim, ele diz a si mesmo, ela contestou o direito sagrado a meu quadro. Imagina aquele quadro numa parede de sua casa de tijolos, e de repente, surpreso, percebe que aquele bairro operário, aquele Derain tcheco, aquela extravagância da História seria, na sua casa, um elemento perturbador, um intruso. Como poderia ter pensado em levá-lo? Lá onde vive com a sua morta não existe lugar para aquele quadro. Nunca falou nisso com ela. Esse quadro não tem nada a ver com ela, com eles, com a vida deles.

Depois pensa: se um pequeno quadro pode perturbar sua coabitação com a morta, mais perturbadora ainda seria a presença constante, insistente de um país inteiro, um país que ela nunca viu!

O sol se põe no horizonte, ele segue de carro pela estrada para Praga; a paisagem foge em volta dele, a paisagem de seu pequeno país pelo qual as pessoas estavam dispostas a morrer, e ele sabe que existe uma coisa ainda menor, que reclama com uma força maior seu amor compassivo: ele vê duas poltronas, uma em frente à outra, a lâmpada e o vaso de flores colocado no rebordo da janela e o pinheiro esbelto que sua mulher plantou na frente da casa, um pinheiro como um braço que ela levanta para mostrar de longe a casa deles.

39

Quando Skacel se fechou por trezentos anos na casa da tristeza, fez isso porque via seu país engolido para sempre pelo império do Leste. Estava enganado. Sobre o futuro todo mundo se engana. O homem só pode ter certeza do momento presente. Mas será realmente verdade? Ele pode conhecer verdadeiramente o presente? Será capaz de julgá-lo? Claro que não. Pois como é que aquele que não conhece o futuro pode compreender o sentido do presente? Se não conhecermos o futuro a que o presente nos conduz, como poderemos dizer que esse presente é bom ou mau, que merece nossa adesão, nossa desconfiança ou nossa raiva?

Em 1921, Arnold Schönberg proclama que, graças a ele, a música alemã será senhora do mundo nos próximos cem anos. Quinze anos mais tarde, teve que deixar a Alemanha para sempre. Depois da guerra, na América, coberto de honrarias, tem certeza de que a glória não abandonará jamais sua obra. Censura Igor Stravinski por pensar muito em seus contemporâneos e negligenciar o julgamento do futuro. Considera a posteridade seu aliado mais seguro. Numa carta mordaz dirigida a Thomas Mann anuncia uma época "daqui a duzentos ou trezentos anos" quando ficará finalmente claro qual dos dois era o maior, Mann ou ele. Schönberg morreu em 1951. Durante as duas décadas seguintes, sua obra foi saudada como a maior do século, venerada pelos mais brilhantes entre os jovens compositores que se declaravam seus discípulos; mas depois ela se distanciou das salas de concerto e da memória. Quem a executa agora, perto do fim do século? Quem se refere a ela? Não, não quero ser tolo e caçoar de sua presunção, dizer que ele se superestimava. Mil vezes não! Schönberg não se superestimava. Ele superestimava o futuro.

Será que cometeu um erro de reflexão? Não. Pensava certo, mas vivia em esferas elevadas demais. Discutia com os maiores alemães, com Bach, com Goethe, com Brahms, com Mahler, mas, por mais inteligentes que sejam, as discussões que se passam nas altas esferas do espírito são sempre míopes diante daquilo que, sem razão ou lógica, se passa embaixo: dois grandes exércitos guerreiam até a morte por causas sagradas; mas é a minúscula bactéria da peste que aniquilará ambos.

Schönberg tinha consciência da existência da bactéria. Já em 1930, escrevia: "O rádio é um inimigo, um inimigo implacável que avança irresistivelmente e contra o qual toda resistência é inútil"; ele "nos abarrota de música [...] sem se perguntar se queremos escutá-la, se nos é possível entendê-la", de modo que a música se torna um simples ruído, um ruído entre ruídos.

O rádio foi o pequeno riacho pelo qual tudo começou. Vieram depois outros meios técnicos para recopiar, multiplicar, aumentar o som, e o riacho tornou-se um imenso rio. Se, antigamente, escutávamos música por amor à música, hoje ela urra em toda parte e sempre, "sem se perguntar se queremos escutá-la", ela urra nos alto-falantes, nos carros, nos restaurantes, nos elevadores, nas ruas, nas salas de espera, nas salas de ginástica, nas orelhas tapadas por walkmans, música reescrita, reinstrumentada, encurtada, esfacelada, alguns fragmentos de rock, de jazz, de ópera, fluxo em que tudo se mistura sem que se saiba quem é o compositor (a música transformada em ruído é anônima), sem que se distingam o começo ou o fim (a música transformada em ruído não conhece a forma): água suja da música onde a música morre.

Schönberg conhecia a bactéria, estava consciente do perigo, mas no fundo de si mesmo não lhe dava muita importância. Como disse, ele vivia nas esferas muito elevadas do espírito, e o orgulho o impedia de levar a sério um inimigo tão pequeno, tão vulgar, tão repugnante, tão desprezível. O único grande adversário digno dele, o sublime rival, que combatia com brio e severidade, era Igor Stravinski. Era contra sua música que ele duelava para ganhar as graças do futuro.

Mas o futuro foi o rio, o dilúvio de notas em que os cadáveres dos compositores boiavam entre as folhas mortas e os galhos arrancados. Um dia, o corpo morto de Schönberg, sacudido pela fúria das ondas, esbarrou no de Stravinski e os dois, numa reconciliação tardia e culpada, continuaram sua viagem em direção ao nada (em direção ao nada da música que é a algazarra absoluta).

40

Recordemos: quando Irena parou com seu marido na margem do riacho que atravessava uma cidade francesa do interior, ela viu do outro lado algumas árvores cortadas e nesse momento foi atingida pela explosão inesperada de uma música que saía de um alto-falante. Tapou as orelhas com as mãos e começou a chorar. Alguns meses depois, estava em casa com o marido agonizante. Do apartamento vizinho explodia uma música. Duas vezes ela bateu na porta, pediu que os vizinhos desligassem o aparelho, duas vezes em vão. No fim, gritou: "Parem com esse horror! Meu marido está morrendo! Vocês ouviram! Está morrendo! Morrendo!".

Durante seus primeiros anos na França, escutava muito rádio, o que a familiarizava com a língua e a vida francesas, mas depois da morte de Martin, por causa do desgosto que tivera com a música, isso não lhe dava mais prazer; pois as notícias não se seguiam, como antigamente, de modo contínuo, mas cada informação era separada da outra por três, oito, quinze segundos de música, e esses pequenos interlúdios aumentavam insidiosamente de um ano para outro. Desse modo ela conhecera intimamente o que Schönberg chamava de "a música transformada em ruído".

Ela está deitada na cama ao lado de Gustaf; superexcitada com seu encontro, está preocupada com seu sono; já tomou um sonífero, dormiu e, tendo acordado no meio da noite, tomou ainda mais dois, depois, por desespero, por nervosismo, ligou um pequeno rádio perto do travesseiro. Para pegar no sono quer ouvir uma voz humana, uma palavra que tome conta de seu pensamento, a levasse para longe, a acalmasse e fizesse com que adormecesse; passeia de uma estação para outra, mas por todo lado só ouve música, a água suja da música, fragmentos de rock, de jazz, de ópera, e é um mundo no qual ela não pode se dirigir a ninguém porque todos cantam e gritam, é um mundo em que ninguém se dirige a ela porque todos pulam e dançam.

De um lado a água suja da música, do outro um ronco, e Irena, cercada, tem vontade de ter um espaço livre ao seu redor, um espaço para poder respirar, mas esbarra no corpo, pálido e inerte, que o destino fez desmoronar em seu caminho como um saco de lama. Uma nova onda de raiva por Gustaf a invade, não porque seu corpo negligencia o dela (ah, não! nunca mais ela poderá fazer amor com ele!) mas porque seu ronco impede que ela durma e coloca em risco o encontro de sua vida, o encontro que acontecerá dentro em pouco, daí a umas oito horas, pois a manhã se aproxima, o sono não chega e ela sabe que ficará cansada, nervosa, com o rosto feio, envelhecido.

Finalmente, a intensidade da raiva age como se fosse um narcótico e ela adormece. Quando acorda, ele já tinha saído, enquanto o pequeno rádio, ao lado do travesseiro, continua emitindo a música transformada em ruído. Ela está com dor de cabeça e se sente exausta. Ficaria de bom grado na cama, mas Milada anunciou que viria às dez horas. Mas por que ela virá hoje! Irena não tem a menor vontade de ver ninguém!

41

A construção ficava numa encosta, e da rua só se via o rés do chão. Quando a porta se abriu, Josef foi assaltado pelos ataques amorosos de um grande pastor-alemão. Só depois de alguns instantes é que pôde ver N., que, rindo, acalmou o cachorro e levou Josef por um corredor, depois por uma longa escada, até um apartamento de dois cômodos no nível do jardim, onde morava com sua mulher; ela estava lá, amistosa, e estendeu-lhe a mão.

"Lá em cima", disse N., apontando para o teto, "os apartamentos são muito mais espaçosos. É lá que vivem minha filha e meu filho com suas famílias. O prédio pertence a meu filho. Ele é advogado. Pena que não esteja em casa. Escuta", disse, baixando a voz, "se você quiser se reinstalar no país, ele o ajudará, facilitará tudo."

Essas palavras lembraram a Josef o dia em que N., cerca de quarenta anos atrás, com essa mesma voz baixa lhe oferecera, em tom confidencial, sua amizade e sua ajuda.

"Falei sobre você...", disse N., e voltando-se para a escada gritou diversos nomes que sem dúvida se referiam a sua prole; pois viu descer todos os netos e bisnetos que Josef não sabia absolutamente quem eram. Em todo caso, eram todos belos, elegantes (Josef não conseguia tirar os olhos de uma loura, a namorada de um dos netos, uma alemã que não falava uma palavra de tcheco), e todos, mesmo as moças, pareciam muito mais altos do que N.; na presença deles N. parecia um coelho perdido no meio das plantas que, enlouquecidas, haviam crescido em torno dele e o sufocavam.

Como manequins durante um desfile, sorriram sem dizer nada até o momento em que N. pediu que o deixassem a sós com o amigo. Sua mulher ficou em casa e eles saíram para o jardim.

O cachorro os seguiu e N. observou: "Nunca o vi tão excitado com uma visita. Como se tivesse adivinhado sua profissão". Depois mostrou a Josef algumas árvores frutíferas e explicou as modificações que havia feito nos gramados separados por pequenas trilhas, de modo que a conversa se afastou por muito tempo dos assuntos que Josef planejara abordar; finalmente conseguiu interromper as explicações botânicas do amigo e perguntou-lhe como tinha vivido aqueles vinte anos em que não se viram.

"Não falemos nisso", disse N., e, respondendo ao olhar indagativo de Josef, colocou o indicador sobre seu coração. Josef não compreendia o sentido desse gesto: os acontecimentos políticos o haviam atingido tão profundamente, "até seu coração"? ou ele teria vivido um drama de amor? ou teria sido atingido por um infarto?

"Um dia vou lhe contar", o outro acrescentou, esquivando-se de qualquer explicação.

A conversa não era fácil, cada vez que Josef parava para formular melhor uma pergunta, o cachorro se sentia autorizado a saltar sobre ele e colocar as patas na sua barriga.

"Eu me lembro do que você sempre afirmava", disse N. "Nós nos tornamos médicos porque nos interessamos pelas doenças. E nos tornamos veterinários por amor aos bichos."

"Eu disse mesmo isso?", espantou-se Josef. Lembrou-se de que dois dias antes explicara à cunhada que havia escolhido a profissão para se rebelar contra a família. Ele então teria agido por amor ou por rebeldia? Numa única nuvem indefinida viu desfilarem diante dele todos os animais doentes que havia conhecido; depois viu seu consultório de veterinário nos fundos da casa de tijolos onde, no dia seguinte (sim, exatamente vinte e quatro horas depois), ele abriria a porta para acolher o primeiro paciente do dia; seu rosto se cobriu de um grande sorriso.

Teve que se esforçar para retomar a conversa apenas começada: perguntou a N. se tinha sido atacado por causa do seu passado político; N. respondeu que não; segundo ele, as pessoas sabiam que ele sempre ajudara aqueles que o regime perseguira. "Não tenho a menor dúvida", disse Josef (ele não tinha mesmo a menor dúvida), mas insistiu: como é que N. avaliava, ele próprio, sua vida passada? Como um erro? Como uma derrota? N. sacudiu a cabeça, dizendo que nem uma coisa nem outra. Finalmente perguntou o que ele pensava da restauração tão rápida, tão brutal do capitalismo. Levantando os ombros, N. respondeu que, tendo em vista a situação, não havia outra solução.

Não, a conversa não engrenava. Josef pensou, em primeiro lugar, que N. considerava suas perguntas indiscretas. Depois se corrigiu: mais do que indiscretas, elas estavam superadas. Se o sonho vingador da cunhada se realizasse e N., acusado, tivesse sido convocado perante um tribunal, talvez nesse caso ele se voltasse para o passado comunista para explicá-lo e defendê-lo. Mas, sem essa convocação, esse passado estava, hoje, distante. Não fazia mais parte dele.

Josef se lembrou de sua ideia muito antiga, que havia considerado uma blasfêmia: a adesão ao comunismo não tinha nada a ver com Marx e suas teorias; a época apenas oferecera às pessoas a oportunidade de satisfazer suas mais diversas necessidades psicológicas: a necessidade de se mostrar não conformista; ou a necessidade de obedecer; ou a necessidade de punir os maus; ou a necessidade de ser útil; ou a necessidade de avançar com os jovens em direção ao futuro; ou a necessidade de ter em torno de si uma grande família.

De bom humor, o cão latia e Josef se dizia: as pessoas hoje em dia deixam o comunismo não porque seu pensamento tenha mudado, sofrido um choque, mas porque o comunismo não oferece mais a ocasião nem de se mostrarem não conformistas, nem de obedecerem, nem de punirem os culpados, nem de serem úteis, nem de progredirem com os jovens, nem de terem em torno de si uma grande família. O credo comunista não responde mais a nenhuma dessas necessidades. Tornou-se a tal ponto inútil que todos a abandonam facilmente, sem nem perceber.

Tinha, no entanto, a impressão de que a intenção primitiva de sua visita não fora atingida: fazer com que N. soubesse que, diante de um tribunal imaginário, ele, Josef, o defenderia. Para conseguir isso queria primeiro demonstrar que ele não se entusiasmava cegamente pelo mundo que se instalava ali depois do comunismo, e invocou a grande imagem publicitária na praça de sua cidade natal, onde um signo incompreensível oferece seus serviços aos tchecos, mostrando uma mão branca e uma mão negra que se apertam: "Responda, você acha que este ainda é nosso país?".

Esperava um comentário sarcástico sobre o capitalismo mundial que uniformiza o planeta, mas N. se calava. Josef continuou: "O império soviético desmoronou porque não conseguia mais domar as nações que queriam ser soberanas. Mas essas nações são agora menos soberanas do que nunca. Não podem escolher sua economia, nem sua política externa, nem mesmo seus slogans publicitários".

"A soberania nacional é há muito tempo uma ilusão", disse N.

"Mas se um país não é independente e nem mesmo deseja ser, será que alguém ainda está disposto a morrer por ele?"

"Não quero que meus filhos estejam prontos para morrer."

"Vou dizer de outro modo: será que alguém ainda ama seu país?"

N. diminuiu o passo: "Josef", disse ele, comovido. "Como é que você pôde se exilar? Você é um patriota!" Depois, muito seriamente: "Morrer por seu país, isso não existe mais. Talvez para você, durante seu exílio, o tempo tenha parado. Mas eles, eles não pensam mais como você".

"Quem?"

N. fez um gesto com a cabeça na direção dos andares superiores da casa, como se quisesse mostrar sua prole. "Eles estão em outra."

42

Durante as últimas frases da conversa, os dois amigos permaneceram no mesmo lugar; o cachorro aproveitou: ficou em pé e colocou as duas patas em cima de Josef, que o acariciou. N. contemplou por um longo tempo essa dupla formada pelo homem e pelo cachorro, cada vez mais comovido. Como se só agora sentisse aqueles vinte anos durante os quais não tinham se visto: "Ah, como estou contente com sua vinda!", e bateu no seu ombro, convidando para que se sentassem embaixo de uma macieira. Na mesma hora, Josef compreendeu: a conversa séria, importante, para a qual havia vindo, não aconteceria. E, para surpresa sua, foi um alívio, uma libertação! Afinal de contas não tinha vindo para submeter seu amigo a um interrogatório!

Como uma fechadura que abre, a conversa soltou-se, livremente, agradavelmente, uma conversa entre dois velhos amigos: recordações esparsas, notícias de amigos comuns, comentários engraçados, paradoxos, brincadeiras. Era como se um vento doce, quente, forte, os carregasse nos braços. Josef sentiu uma irresistível alegria de falar. Ah, uma alegria inesperada! Durante vinte anos quase não tinha falado tcheco. Conversar com sua mulher era fácil, o dinamarquês se transformara em seu dialeto íntimo. Mas, com os outros, era sempre consciente ao escolher as palavras, ao construir uma frase, ao prestar atenção à pronúncia. Sempre lhe parecia que, ao falar, os dinamarqueses corriam rapidamente, enquanto atrás ele trotava, carregando um peso de vinte quilos. Agora, as palavras saíam sozinhas de sua boca, sem que fosse preciso procurá-las ou controlá-las. O tcheco não era mais aquela língua desconhecida de timbre nasalado que o havia surpreendido no hotel de sua cidade natal. Finalmente ele a reconhecia, a saboreava. Com ela, sentia-se leve como após uma dieta de emagrecimento. Falava como se voasse e, pela primeira vez naquela estada, sentia-se feliz em seu país e sentia-o como sendo seu.

Estimulado pela felicidade que o amigo irradiava, N. estava cada vez mais descontraído; com um sorriso cúmplice, lembrou sua amante secreta de outros tempos e agradeceu a Josef por ter servido de álibi com sua mulher. Josef não se lembrava e estava certo de que N. o confundia com outro. Mas a história do álibi, que N. lhe contou longamente, era tão bonita, tão engraçada que Josef acabou concordando que havia tido um papel de protagonista. Ele estava com a cabeça inclinada para trás e o sol, através das folhagens, iluminava em seu rosto um sorriso beatificado.

Foi nesse clima de bem-estar que a mulher de N. os surpreendeu: "Você vai almoçar conosco?", disse ela a Josef.

Ele olhou o relógio e se levantou. "Dentro de meia hora tenho um encontro!"

"Então venha hoje à noite! Vamos jantar juntos", pediu N., calorosamente.

"De noite já estarei em casa."

"Quando você diz em casa, quer dizer..."

"Na Dinamarca."

"É tão estranho ouvir você dizer isso. O seu 'em casa', portanto, não é mais aqui?", perguntou a mulher de N.

"Não. É lá."

Houve um longo momento de silêncio e Josef ficou esperando as perguntas: Se a Dinamarca é portanto sua casa, como é sua vida lá, e com quem você vive? Conta! Como é sua casa? Quem é sua mulher? Você é feliz? Conta! Conta!

Mas nem N. nem sua mulher fizeram tais perguntas. Durante um segundo, uma entrada baixa de madeira e um pinheiro apareceram na frente de Josef.

"Preciso ir", ele disse, e todos se dirigiram para a escada. Enquanto subiam ficaram calados e, nesse silêncio, Josef sentiu de repente a ausência de sua mulher; não havia ali nenhum traço de sua existência. Durante os três dias que passara naquele país, ninguém dissera uma só palavra sobre ela. Compreendeu: se ficasse ali, a perderia. Se ficasse ali, ela desapareceria.

Pararam na calçada, apertaram-se as mãos mais uma vez e o cachorro apoiou as patas na barriga de Josef.

Depois, os três ficaram olhando enquanto ele se afastava, até o perderem de vista.

43

Quando, depois de tantos anos, ela a reviu no salão do restaurante no meio de outras mulheres, Milada foi possuída de ternura por Irena; um detalhe em especial a cativara: na ocasião Irena havia recitado um poema de Jan Skacel. Na pequena Boêmia, é fácil encontrar um poeta e aproximar-se dele. Milada conhecera Skacel, um homem atarracado com um rosto duro, como se fosse talhado em pedra, e ela o adorara com a ingenuidade de uma adolescente de antigamente. Toda a sua poesia acaba de ser editada num único volume e Milada o leva de presente para a amiga.

Irena folheia o livro: "Será que hoje ainda se lê poesia?".

"Não muito", diz Milada, e depois, de cor, cita alguns versos: "*Ao meio-dia, algumas vezes, vemos a noite se dirigindo para o rio...* Ou ainda, escuta: *tanques com água até os ombros.* Ou então: existem noites, diz Skacel, em que o ar é tão doce e frágil *que se pode andar com os pés descalços em cima dos cascos de garrafa*".

Ao escutá-la, Irena se lembra das aparições súbitas que surgiam inopinadamente em sua cabeça durante os primeiros anos do exílio. Eram fragmentos dessa mesma paisagem.

"Ou então esta imagem: ... *em cima de um cavalo a morte e um pavão.*"

Milada pronunciou essas palavras com uma voz que tremia ligeiramente: elas lhe evocavam sempre esta visão: um cavalo segue através dos campos; atrás dele um esqueleto com uma foice na mão, e atrás, na garupa, um pavão com a cauda aberta, esplêndido e cambiante como a vaidade eterna.

Reconhecida, Irena olha para Milada, a única amiga que encontrou nesse país, olha o belo rosto redondo que os cabelos arredondam ainda mais; depois se cala, pensativa, suas rugas desapareceram na imobilidade da pele e ela parece uma mulher jovem; Irena deseja que ela não fale, não recite versos, que fique por muito tempo imóvel e bela.

"Você sempre se penteou assim, não é? Nunca vi você com outro penteado."

Como se quisesse desviar o assunto, Milada disse: "Então, será que um dia você vai acabar se decidindo?".

"Você sabe muito bem que Gustaf tem escritórios em Praga e em Paris!"

"Mas, se entendi bem, é em Praga que ele quer se instalar."

"A ponte aérea entre Paris e Praga é bastante conveniente. Tenho meu trabalho aqui e lá, Gustaf é meu único chefe, nós nos arranjamos, improvisamos."

"O que prende você em Paris? Suas filhas?"

"Não. Não quero ficar presa à vida delas."

"Você tem alguém lá?"

"Ninguém." Depois: "Meu próprio apartamento". Depois: "Minha independência". E ainda, lentamente: "Sempre tive a impressão de que minha vida era conduzida por outras pessoas. Com exceção de alguns anos depois da morte de Martin. Foram os anos mais duros, estava sozinha com minhas filhas, tinha de me arranjar. Era a miséria. Você não vai acreditar, mas hoje, na minha lembrança, foram meus anos mais felizes".

Ela mesma está chocada por ter qualificado como mais felizes os anos que se seguiram à morte do marido e retifica:

"O que quero dizer é que aquela foi a única vez em que fui dona da minha vida".

Cala-se. Milada não interrompe o silêncio e Irena continua: "Casei muito cedo, unicamente para escapar da minha mãe. Mas justamente por causa disso foi uma decisão forçada e não verdadeiramente livre. E pior ainda: para escapar da minha mãe eu me casei com um homem que era seu velho amigo. Pois eu só conhecia gente das relações dela. Assim, mesmo casada continuei sob sua tutela".

"Que idade você tinha?"

"Pouco mais de vinte anos. E, desde então, tudo estava decidido de uma vez por todas. Foi nesse momento que cometi um erro, um erro difícil de definir, imperceptível, mas que foi o ponto de partida de toda a minha vida e que nunca consegui reparar."

"Um erro irreparável cometido na idade da ignorância."

"Sim."

"É a idade em que casamos, em que temos nosso primeiro filho, em que escolhemos nossa profissão. Um dia saberemos e compreenderemos muitas coisas, mas será tarde demais, pois toda a vida terá sido decidida numa época em que não sabíamos nada."

"Sim, sim", concorda Irena, "até mesmo o exílio! Ele não foi senão a consequência de minhas decisões anteriores. Exilei-me porque a polícia secreta não deixava Martin em paz. Ele não podia mais viver aqui. Mas eu sim. Fui solidária com meu marido e não lamento. O que não faz com que o exílio não tenha sido meu problema, minha decisão, minha liberdade, meu destino. Minha mãe me empurrou para Martin, Martin me levou para o estrangeiro."

"Sim", me lembro disso. "Tudo foi decidido sem você."

"Nem minha mãe se opôs."

"Ao contrário, foi até conveniente para ela."

"O que você quer dizer? A casa?"

"Tudo se resume a propriedade."

"Você está voltando a ser marxista", disse Irena com um leve sorriso.

"Você viu como a burguesia, depois de quarenta anos de comunismo, se recuperou em poucos dias? Eles sobreviveram de mil maneiras, alguns presos, outros expulsos de seus empregos, outros se arranjaram muito bem, tiveram carreiras brilhantes, embaixadores, professores. Agora, seus filhos e netos estão juntos de novo, uma espécie de fraternidade secreta, ocupam os bancos, os jornais, o parlamento, o governo."

"Mas na verdade você continuou sendo comunista."

"Essa palavra não quer dizer mais nada. Mas é verdade que continuo sendo uma moça de família pobre."

Ela se cala e por sua cabeça passam algumas imagens: uma moça de família pobre apaixonada por um rapaz de família rica; uma mulher moça que quer encontrar no comunismo o sentido da vida; depois de 1968, uma mulher madura que abraça a dissidência e assim descobre um mundo muito mais vasto do que o que conhecia: não apenas comunistas revoltados contra o partido, mas também padres, antigos prisioneiros políticos, expoentes decadentes da grande burguesia. E mais tarde, depois de 1989, como se despertasse de um sonho, ela torna a ser o que era antes: uma moça envelhecida de família pobre.

"Não se ofenda com minha pergunta", disse Irena, "você já me disse mas eu esqueci: onde você nasceu?"

Ela falou o nome de uma cidade pequena.

"Vou almoçar amanhã com alguém de lá."

"Como ele se chama?"

Ao ouvir o nome, Milada sorriu: "Estou vendo que uma vez mais ele me deu azar. Queria convidar você para almoçar comigo amanhã. Que pena".

44

Ele chegou na hora mas ela já o esperava no hall do hotel. Levou-a para o restaurante e a fez sentar-se na sua frente, na mesa que havia reservado.

Depois de algumas frases, ela o interrompe: "Então, como você está se sentindo aqui? Gostaria de ficar?".

"Não", disse ele; depois, por sua vez, pergunta: "E você? O que a retém aqui?".

"Nada."

A resposta é tão incisiva e tão parecida com a dele que os dois caem na gargalhada. O acordo entre eles é desse modo selado e começam a conversar, com entusiasmo, com alegria.

Ele pede o almoço e, quando o garçom traz a carta de vinhos, Irena a pega: "O almoço é seu, o vinho é meu!". Ela vê na lista alguns vinhos franceses e escolhe um: "O vinho é uma questão de honra para mim. Nossos compatriotas não conhecem vinho, e você, embrutecido por sua Escandinávia bárbara, conhece menos ainda".

Ela conta como suas amigas se recusaram a beber o bordeaux que ela trouxera: "Imagina, safra de 1985! E elas, de propósito, para dar uma lição de patriotismo, beberam cerveja! Depois tiveram pena de mim e, já bêbadas de cerveja, continuaram com o vinho!".

Ela conta, ela faz graça, eles riem.

"O pior é que falavam de coisas e pessoas que eu desconhecia totalmente. Não queriam compreender que o mundo delas, depois de tanto tempo, havia evaporado da minha cabeça. Achavam que, com meus esquecimentos, eu estava querendo parecer especial. Me destacar. Era uma conversa estranha: eu havia esquecido quem elas tinham sido; e elas não se interessavam pela pessoa que eu havia me tornado. Você consegue entender que ninguém aqui nunca me fez uma única pergunta sobre minha vida fora? Nenhuma pergunta! Nunca! Tenho sempre a impressão de que querem amputar vinte anos de minha vida. Realmente, a sensação que tenho é de uma amputação. Sinto-me encurtada, diminuída, como uma anã."

Ela agrada a ele e o que ela conta também. Ele a compreende, concorda com tudo o que ela diz.

"E na França", diz ele, "seus amigos fazem perguntas?"

Ela está quase respondendo que sim mas, depois, muda de ideia; quer ser exata e fala lentamente: "Claro que não! Mas quando as pessoas se veem sempre acham que se conhecem. Não se fazem perguntas e não ficam frustradas. Não se interessam umas pelas outras, mas com toda a inocência. Nem percebem o que acontece".

"É verdade. Só voltando ao país depois de uma longa ausência é que percebemos o que é evidente: as pessoas não se interessam umas pelas outras e isso é normal."

"Sim, é normal."

"Mas eu pensava em outra coisa. Não em você, na sua vida, na sua pessoa. Pensava na sua experiência. No que você viu, no que conheceu. Disso, seus amigos franceses não podiam ter a menor ideia."

"Os franceses, você sabe, não precisam de experiência. Os julgamentos, para eles, precedem a experiência. Quando chegamos lá, eles não precisavam de informações. Já estavam bastante informados de que o stalinismo é um mal e que o exílio é uma tragédia. Não estavam interessados por aquilo que pensávamos, interessavam-se por nós como provas vivas daquilo que pensavam. É por isso que foram generosos conosco e se orgulhavam disso. Quando, um dia, o comunismo desmoronou, eles me olharam, com um olhar fixo e indagador. Nesse ponto alguma coisa deu errado. Não me comportei como eles esperavam."

Ela bebe o vinho; depois: "Realmente tinham feito muita coisa por mim. Eles viram em mim o sofrimento de uma exilada. Depois chegou o momento em que eu deveria confirmar esse sofrimento com a alegria do meu retorno. E essa confirmação não aconteceu. Sentiram-se enganados. E eu também, pois, nesse meio-tempo, havia pensado que eles me amavam não pelo meu sofrimento mas por mim mesma".

Fala sobre Sylvie. "Ela ficou decepcionada por eu não ter voltado correndo no primeiro dia para Praga, para as barricadas!"

"As barricadas?"

"Claro que não havia, mas Sylvie as imaginava. Só pude vir a Praga muitos meses depois, e fiquei aqui durante algum tempo. Quando voltei para Paris, senti uma necessidade louca de falar com ela, sabe, gostava mesmo dela e tinha vontade de contar tudo a ela, discutir tudo, o choque de voltar para seu país depois de vinte anos, mas ela não tinha mais muita vontade de me ver."

"Vocês brigaram?"

"Não, absolutamente. Simplesmente eu não era mais uma exilada. Não era mais interessante. Portanto, pouco a pouco, gentilmente, com um sorriso, ela deixou de me procurar."

"Com quem então você pode conversar? Você se entende com quem?"

"Com ninguém." Depois: "Com você".

45

Eles se calaram. E de repente ela repetiu, num tom quase grave: "Com você". Acrescentou ainda: "Não aqui. Na França. Ou melhor, em outro lugar. Em qualquer lugar".

Com essas palavras ela ofereceu a ele o seu futuro. E, ainda que Josef não se interesse pelo futuro, sente-se feliz com essa mulher que tão visivelmente o deseja. Como se ele voltasse ao passado, aos anos em que, em Praga, saía para namorar. Como se esses anos o convidassem agora a retomar o fio no ponto em que ele tinha se rompido. Sente-se rejuvenescido na companhia dessa desconhecida e, de repente, a ideia de encurtar essa tarde por causa da enteada lhe parece inaceitável.

"Dá licença? Preciso dar um telefonema." Levanta-se e vai até uma cabine telefônica.

Ela o observa quando, ligeiramente curvo, desliga o telefone; à distância, percebe com mais nitidez sua idade. Quando o viu no aeroporto, ele lhe parecera mais moço; agora constata que ele deve ter quinze, vinte anos mais do que ela; como Martin, como Gustaf. Não fica decepcionada, ao contrário, isso lhe dá a reconfortante impressão de que essa aventura, por mais audaciosa e arriscada que seja, segue a ordem da sua vida e é menos louca do que parece (assinalo: ela se sente encorajada como Gustaf se sentiu, outrora, quando soube a idade de Martin).

Mal ele disse quem era e a moça já o ataca: "Você está me telefonando para dizer que não virá".

"Acertou. Depois de tantos anos, tenho muitas coisas para fazer. Não tenho um minuto livre. Desculpe."

"Quando você parte?"

Quase responde "esta noite", mas ocorreu-lhe a ideia de que ela poderia procurá-lo no aeroporto. Mentiu: "Amanhã de manhã".

"E não tem tempo para me ver? Mesmo entre um compromisso e outro? Mesmo mais tarde, esta noite? Estarei livre quando você quiser!"

"Não."

"Afinal sou a filha da sua mulher!"

A ênfase com que quase gritou a última frase fez com que ele recordasse tudo aquilo que, outrora, neste país, lhe causava arrepio. Não cede e procura uma resposta incisiva.

Ela é mais rápida do que ele: "E você fica calado! Não

sabe o que dizer! Pois fique sabendo, mamãe me desaconselhou a procurar você. Explicou que tipo de egoísta você é! Um egoísta sujo, miserável".

Ela desligou.

Ele se dirige para a mesa se sentindo como se respingasse lama. De repente, sem a menor lógica, uma frase atravessa o seu espírito: "Eu tive muitas mulheres neste país mas nenhuma irmã". Fica surpreso com a frase e com a palavra: irmã; diminui o passo para respirar essa palavra tão pacífica: uma irmã. Realmente, neste país ele nunca encontrara uma irmã.

"Alguma coisa desagradável?"

"Nada grave", ele responde, sentando-se. "Mas desagradável, sim."

Ele se cala.

Ela também. Os soníferos da noite sem sono se insinuam a ela pelo cansaço. Querendo afastá-lo, despeja o resto de vinho no copo e bebe. Depois coloca sua mão sobre a de Josef: "Não estamos felizes aqui. Convido você para beber alguma coisa".

Dirigem-se para o bar, de onde vem uma música estridente.

Ela recua, depois se domina: precisa beber alguma coisa alcoólica. No bar, cada um bebe um copo de conhaque.

Ele olha para ela: "O que é que há?".

Ela faz um sinal com a cabeça.

"A música? Vamos para meu quarto."

46

Saber por intermédio de Irena de sua presença em Praga era uma coincidência bem estranha. Mas, numa certa idade, as coincidências perdem sua mágica, não surpreendem mais, tornam-se banais. A lembrança de Josef não provoca mais nenhuma perturbação. Com certo humor amargo, ela apenas se lembra de que ele gostava de assustá-la fazendo com que temesse a solidão e que, realmente, ele acaba de condená-la a almoçar sozinha.

Suas opiniões sobre a solidão. Talvez a palavra lhe parecesse até então incompreensível: quando moça, como tinha dois irmãos e duas irmãs, ela abominava a multidão; para trabalhar, para ler, ela não tinha seu próprio quarto e dificilmente achava um lugar para se isolar. Estava claro que suas preocupações não eram as mesmas que as dele, mas ela compreendia que na boca do amigo a palavra solidão adquirisse um sentido mais abstrato e mais nobre: atravessar a vida sem interessar a ninguém; falar sem ser escutada; sofrer sem inspirar compaixão; portanto, viver como depois ela realmente viveu.

Estacionou o carro num quarteirão longe de sua casa e começou a procurar um café. Quando não tem companhia para almoçar, nunca vai ao restaurante (onde, na sua frente, numa cadeira vazia, a solidão se sentaria e a observaria), mas prefere, apoiada num balcão, comer um sanduíche. Passando diante de uma vitrine, seu olhar se detém no reflexo de sua própria imagem. Ela para. Olhar-se, é esse o seu vício, talvez o único. Fingindo observar o que é exposto, ela se observa: os cabelos castanhos, os olhos azuis, a forma redonda do rosto. Ela sabe que é bonita, sempre soube e é essa sua única felicidade.

Depois ela percebe que o que vê não é apenas seu rosto vagamente refletido, mas a vitrine de um açougue: uma carcaça suspensa, pedaços de pernil cortados, uma cabeça de porco com um focinho comovente e amistoso, depois, mais adiante, na loja, os corpos depenados das aves, com suas patas levantadas, impotentes, levantadas pela mão dos homens, e, de repente, o horror a invade, seu rosto se contrai, ela aperta os punhos e se esforça para afastar o pesadelo.

Hoje Irena lhe fez a pergunta que ela ouve de vez em quando: por que ela nunca mudou de penteado. Não, ela nunca mudou e nunca mudará pois ela é bela apenas se conservar seus cabelos como eles estão penteados, contornando o rosto. Conhecendo a indiscrição verbal dos cabeleireiros, ela escolheu o seu num bairro a que nenhuma de suas amigas viria. Tinha que proteger o segredo de sua orelha esquerda, ao preço de uma enorme disciplina e de um complexo sistema de precauções. Como conciliar o desejo dos homens e o desejo de ser bela a seus próprios olhos? No começo tinha inventado outras saídas (viagens desesperadas para o exterior, onde ninguém a conhecia e onde indiscrição alguma poderia traí-la), depois, mais tarde, havia radicalizado e sacrificado sua vida erótica pela beleza.

De pé em frente ao balcão, bebe lentamente uma cerveja e come um sanduíche de queijo. Não tem pressa; não tem nada para fazer. Como todos os domingos: à tarde vai ler e à noite jantará em casa sozinha.

47

Irena constatou que o cansaço não parava de persegui-la. Sozinha no quarto por alguns momentos, abriu o minibar e apanhou três pequenas garrafas de diferentes bebidas. Destampou uma e bebeu. Escondeu as duas outras na bolsa que colocara na mesa de cabeceira. Viu ali um livro em dinamarquês: *A odisseia*.

"Eu também, também pensei em Ulisses", disse ela a Josef, que voltava naquele momento.

"Ele se ausentou do país como você. Durante vinte anos."

"Vinte anos?"

"Sim, exatamente vinte anos."

"Ele pelo menos estava feliz por voltar."

"Isso não é certo. Ele viu que seus compatriotas o tinham traído e matou muitos deles. Não creio que pudessem amá-lo."

"Mas Penélope o amava."

"Talvez."

"Você não tem certeza?"

"Li e reli a passagem do reencontro deles. Primeiro, ela não o reconheceu. Em seguida, quando tudo ficou claro para todos, quando os pretendentes foram mortos, os traidores punidos, ela o submeteu a novas provas para ter certeza de que era realmente ele. Ou melhor, para protelar o momento em que se reencontrariam na cama."

"O que é compreensível, não? Deve-se ficar paralisado depois de vinte anos. Será que ela permaneceu fiel durante todo esse tempo?"

"Não pode ter sido de outro modo. Vigiada por todos. Vinte anos de castidade. Sua noite de amor deve ter sido difícil. Imagino que, depois de vinte anos, o sexo de Penélope tinha se fechado, encolhido."

"Ela estava como eu."

"O quê?!"

"Não, não tenha medo!", ela grita, rindo. "Não estou falando do meu sexo! Ele não encolheu!"

E, repentinamente excitada pela menção inesperada de seu sexo, em voz baixa ela repete lentamente a última frase com palavras grosseiras. Depois mais uma vez, com voz ainda mais baixa, com palavras ainda mais obscenas.

Foi inesperado! Foi embriagador! Pela primeira vez em vinte anos, ele ouve palavrões em tcheco e na mesma hora fica excitado, como nunca ficara depois que havia deixado o país, pois todas essas palavras, grosseiras, sujas, obscenas, não têm poder sobre ele a não ser em sua língua natal (na língua de Ítaca), já que é essa língua, de suas raízes profundas, que faz brotar nele a excitação de gerações e gerações. Até esse momento eles nem haviam se beijado. E agora, maravilhosamente excitados, em poucos segundos começaram a se amar.

O acordo entre eles é total, pois ela também fica excitada com as palavras que havia tantos anos ela não pronunciava nem ouvia. Um acordo perfeito em meio a uma explosão de obscenidades! Ah, como sua vida era banal! Todos os vícios jamais praticados, todas as infidelidades irrealizadas, tudo isso, tudo, avidamente, ela quer viver. Quer viver tudo o que imaginara sem jamais ter vivido, voyeurismo, exibicionismo, a indecente presença dos outros, excessos verbais; tudo o que ela agora pode realizar, ela procura realizar, e o que é irrealizável, ela imagina com ele em voz alta.

O acordo entre eles é total, pois Josef sabe, fundo em si mesmo (e talvez o deseje), que essa sessão de erotismo é sua última; ele também faz amor como se quisesse resumir tudo, suas aventuras passadas e aquelas que nunca acontecerão. É para ambos como se percorressem a vida sexual em ritmo acelerado: as audácias de que os amantes são capazes ao fim de vários encontros, às vezes depois de vários anos, eles realizam na maior precipitação, um estimulando o outro, como se quisessem condensar numa só tarde tudo o que tinham perdido ou que perderão.

Depois, sem fôlego, ficam deitados de costas um ao lado do outro, e ela diz: "Oh, há muitos anos eu não fazia amor! Você pode não acreditar, mas há muitos anos eu não fazia amor!".

Essa sinceridade o comove, estranhamente, profundamente; ele fecha os olhos. Ela aproveita para se inclinar e pegar em sua bolsa uma pequena garrafa; rapidamente, discretamente, ela bebe.

Ele abre os olhos: "Não bebe, não bebe! Você vai ficar bêbada!".

"Me deixa!", ela se defende. Sentindo o cansaço que não a abandona, está disposta a fazer qualquer coisa para conservar os sentidos em estado de alerta. É por isso que, ainda que ele a observe, ela esvazia a terceira garrafa e depois, como se quisesse se explicar, como que se desculpando, ela repete que havia muito tempo ela não fazia amor, e dessa vez diz isso usando os palavrões de sua Ítaca natal e, mais uma vez, o sortilégio da obscenidade excita Josef, que recomeça a amá-la.

Na cabeça de Irena, o álcool tem dupla função: libera a fantasia, encoraja a audácia, torna-a sensual e, ao mesmo tempo, encobre sua memória. Brutalmente, lascivamente, ela faz amor e, ao mesmo tempo, o véu do esquecimento envolve sua lascívia numa noite que tudo obscurece. Como se um grande poeta escrevesse seu maior poema com uma tinta que imediatamente desaparecesse.

48

A mãe colocou o disco no aparelho e apertou alguns botões para selecionar as faixas de que gostava, depois mergulhou na banheira e, tendo deixado a porta aberta, escutou a música. Eram suas preferidas, quatro faixas de dança, um tango, uma valsa, um charleston, um rock-and-roll, e, graças à perfeição técnica do aparelho, elas se repetiriam ao infinito sem nenhuma intervenção ulterior. Ficou em pé na banheira, lavou-se durante um longo tempo, saiu, enxugou-se, vestiu o penhoar e foi para a sala. Em seguida Gustaf chegou, depois de um longo almoço com alguns suecos que estavam de passagem por Praga, e lhe perguntou onde estava Irena. Ela respondeu (misturando um inglês ruim e um tcheco que simplificara para ele): "Ela telefonou. Só vai voltar hoje à noite. E você, almoçou bem?".

"Demais."

"Toma um digestivo", e encheu dois copos com licor.

"Essa é uma coisa que nunca recuso!", exclamou Gustaf, e bebeu.

A mãe assobiou a melodia da valsa e balançou os quadris; depois, sem dizer nada, colocou as mãos nos ombros de Gustaf e deu alguns passos de dança com ele.

"Você está com um humor excelente", disse Gustaf.

"Sim", a mãe respondeu e continuou a dançar, com movimentos tão marcados, tão teatrais, que Gustaf, ele também, em meio a pequenas gargalhadas constrangidas, deu alguns passos e fez alguns gestos exagerados. Ele concordou com essa comédia paródica para provar que não queria estragar nenhuma brincadeira, e ao mesmo tempo para lembrar, com uma vaidade tímida, que fora outrora um excelente dançarino e que ainda era. Continuando a dançar, a mãe o levou para a frente do grande espelho pendurado na parede e os dois viraram a cabeça para se olharem.

Depois ela o largou e, sem se tocarem, improvisaram evoluções na frente do espelho; Gustaf fazia gestos dançantes com as mãos e, como ela, não tirava os olhos da própria imagem. Foi então que viu a mão da mãe colada no seu sexo.

A cena que segue testemunha um erro imemorial dos homens, que, tendo se apropriado do papel de sedutores, só levam em consideração as mulheres que possam desejar, não lhes ocorrendo a ideia de que uma mulher feia ou velha, ou que simplesmente não faça parte de sua imaginação erótica, possa querer possuí-los. Dormir com a mãe de Irena era para Gustaf de tal modo impensável, fantasioso, irreal que, aturdido com a apalpadela, não sabe o que fazer: seu primeiro reflexo é tirar a mão; no entanto, não ousa fazer isso; um mandamento, desde a sua primeira juventude, ficou registrado nele: você não será grosseiro com uma mulher; ele continua com os movimentos de dança e, atônito, olha a mão colada entre suas pernas.

A mão sempre no sexo dele, a mãe se requebra no mesmo lugar e não para de se olhar; depois deixa o penhoar entreaberto e Gustaf vê os seios opulentos e, embaixo, o triângulo preto; constrangido, sente seu sexo aumentar.

Sem desviar os olhos do espelho, a mãe finalmente tira a mão e a enfia dentro da calça, onde pega o sexo nu entre seus dedos. O sexo não para de endurecer e ela, continuando os movimentos de dança e sempre com os olhos fixos no espelho, exclama, cheia de admiração, com sua voz vibrante de contralto: "Oh, não! Não é verdade, não é verdade!".

49

Ao fazer amor, de vez em quando, discretamente, Josef olha seu relógio: ainda tem duas horas, uma hora e meia; essa tarde de amor é fascinante, não quer perder nada, nenhum gesto, nenhuma palavra, mas o fim se aproxima, inelutável, e ele deve vigiar o tempo que passa.

Ela também pensa no tempo cada vez menor; sua obscenidade se torna apressada e febril, ao falar ela salta de uma fantasia para outra, adivinhando que já está muito tarde, que esse delírio chega ao fim e que seu futuro continuará deserto. Diz ainda alguns palavrões mas os pronuncia chorando, depois, sacudida por soluços, não aguenta mais, para todos os movimentos e o empurra com seu corpo.

Ficam deitados, um ao lado do outro, e ela diz: "Não vá embora hoje, fica mais tempo".

"Não posso."

Ela se cala por um longo momento, depois: "Quando vou revê-lo?".

Ele não responde.

Com uma determinação súbita, ela sai da cama; não chora mais; de pé, virada para ele, ela lhe diz, não de modo sentimental mas com uma súbita agressividade: "Me beija!".

Ele está deitado, hesitante.

Imóvel, ela espera, olha-o fixamente com todo o peso de uma vida sem futuro.

Incapaz de suportar seu olhar, ele capitula: levanta-se, aproxima-se e encosta os lábios nos dela.

Ela sente seu beijo, sente a frieza que existe nele e diz: "Você é mau!".

Depois pega a bolsa na mesa de cabeceira. Tira um pequeno cinzeiro e lhe mostra: "Você reconhece?".

Ele apanha o cinzeiro e olha.

"Você reconhece?", ela repete, severa.

Ele não sabe o que dizer.

"Olha o que está escrito!"

É o nome de um bar de Praga. Mas isso não lhe diz nada e ele se cala. Ela observa o embaraço dele com uma desconfiança atenta e cada vez mais hostil.

Ele se sente encabulado diante desse olhar e nesse momento, muito brevemente, vê passar a imagem de uma janela que tem no rebordo um vaso de flores ao lado de uma lâmpada acesa. Mas a imagem desaparece e de novo ele vê os olhos hostis.

Ela compreendeu tudo: ele não apenas se esqueceu do encontro no bar, a verdade é ainda pior: ele não sabe quem ela é! ele não a conhece! no avião, ele não sabia com quem estava falando. Depois, de repente, ela compreende: ele nunca se dirigira a ela pelo nome!

"Você não sabe quem eu sou!"

"Como", ele diz, desesperadamente perplexo.

Ela se dirige a ele como um juiz de instrução: "Então diz o meu nome!".

Ele se cala.

"Qual é o meu nome? Diga como me chamo!"

"Os nomes não me interessam!"

"Você nunca me chamou pelo meu nome! Você não me conhece!"

"Como!"

"Onde nos conhecemos? Quem sou eu?"

Ele quer acalmá-la, pega sua mão, ela o afasta: "Você não sabe quem eu sou! Saiu com uma desconhecida! Fez amor com uma desconhecida que se ofereceu a você! Você abusou de um mal-entendido! Você me possuiu como uma puta! Fui uma puta para você, uma puta desconhecida!".

Ela cai na cama e chora.

Ele vê as três garrafas vazias, jogadas no chão: "Você bebeu demais. Foi uma bobagem beber tanto assim!".

Ela não o escuta. Deitada de barriga para baixo, o corpo agitado por sobressaltos, ela só pensa na solidão que a espera.

Depois, exausta de cansaço, ela para de chorar e vira de costas, deixando sem querer as pernas negligentemente afastadas.

Josef fica em pé na beirada da cama; olha seu sexo como quem olha o vazio, e de repente vê sua casa de tijolos, o pinheiro. Consulta o relógio. Ainda pode ficar no hotel meia hora. Precisa se vestir e descobrir uma maneira de fazer com que ela também se vista.

50

Quando ele se afastou de seu corpo, ficaram calados e só se ouviam as quatro peças musicais que se repetiam sem parar. Depois de um longo momento, com uma voz nítida e quase solene, como se recitasse as cláusulas de um tratado, a mãe disse em seu tcheco-inglês: "Somos fortes, você e eu. We are strong. Mas também somos bons, good, não faremos mal a ninguém. Nobody will know, ninguém saberá de nada. Você é livre. Você pode vir quando quiser. Mas sem obrigações. Comigo, você é livre. With me you are free!".

Dessa vez ela disse isso sem nenhuma intenção paródica, num tom extremamente sério. E Gustaf, também sério, responde: "Sim, entendo".

"Comigo, você é livre." Essas palavras ressoam nele longamente. A liberdade: ele a procurou com a filha dela mas não a encontrou. Irena entregou-se a ele com todo o peso de sua vida, ao passo que ele desejava viver sem pesos. Procurava nela uma evasão e ela se colocava diante dele como um desafio; como um enigma; como uma exploração a ser feita; como um juiz a ser enfrentado.

Ele vê o corpo de sua nova amante, que se levanta do divã; ela está de pé, exibe seu corpo de costas, as grandes coxas cobertas de celulite; a celulite o encanta como se expressasse a vitalidade de uma pele que ondula, que vibra, que fala, que canta, que estremece, que se exibe; quando ela se inclina para pegar o penhoar jogado no chão, ele não consegue se controlar e nu, deitado no divã, acaricia essas nádegas magnificamente redondas, apalpa essa carne monumental, abundante, cuja generosa prodigalidade o consola e acalma. Um sentimento de paz o invade: pela primeira vez na vida, a sexualidade não envolve nenhum perigo, nenhum conflito ou drama, nenhuma perseguição, nenhuma culpa, nenhuma preocupação; ele não tem que se ocupar de nada, é o amor que se ocupa dele, o amor como ele desejou e que ele nunca teve: amor-repouso; amor-deserção; amor-despreocupação; amor-insignificância.

A mãe foi para o banheiro e ele fica sozinho: alguns instantes antes, ele pensou que havia cometido um imenso pecado; mas agora sabe que seu ato de amor não tinha nada a ver com um vício, com uma transgressão ou uma perversão, que era uma normalidade das mais normais. É com ela, a mãe, que forma um casal, agradavelmente banal, natural, conveniente, um casal de velhas pessoas serenas. Do banheiro chega até ele um ruído de água, ele senta no divã e olha para o relógio. Dentro de duas horas chegará o filho de sua última amante, um rapaz que o admira. Gustaf vai apresentá-lo naquela noite a seus companheiros de trabalho. Toda a sua vida ele esteve cercado de mulheres! É um prazer ter finalmente um filho! Ele sorri e começa a procurar suas roupas, espalhadas pelo chão.

Já está vestido quando a mãe volta do banheiro, de roupão. É uma situação um pouco solene e portanto embaraçosa, como sempre são as situações em que, depois do primeiro encontro amoroso, os amantes são confrontados com um futuro que, de repente, são obrigados a assumir. A música continua tocando e, nesse momento delicado, como se quisesse vir socorrê-los, ela passa do rock para o tango. Eles obedecem àquele convite, se enlaçam e se abandonam àquele fluxo de sons monótono, indolente; não pensam em nada; deixam-se levar e transportar; dançam lentamente, longamente, sem nenhuma paródia.

51

Seus soluços duraram muito tempo e depois, como por milagre, pararam, seguidos de uma respiração pesada: ela dormiu; a mudança foi espantosa e tristemente risível; ela dormia profundamente, irreprimivelmente. Não tinha mudado de posição, continuava de costas, com as pernas afastadas.

Ele continuava olhando seu sexo, aquele lugar bem pequeno que, com uma admirável economia de espaço, garantia quatro funções supremas: excitar; copular; engendrar; urinar. Olhou longamente aquele pobre lugar desencantado, e deixou-se invadir por uma imensa, imensa tristeza.

Ajoelhou-se perto da cama, inclinou-se sobre a cabeça dela, que ressonava ternamente; sentia-se próximo dessa mulher; podia imaginar ficar com ela, ocupar-se dela; eles tinham combinado, no avião, não fazer perguntas sobre as vidas particulares de cada um; portanto, ele nada sabia dela, mas uma coisa parecia clara: ela estava apaixonada por ele;

pronta para ficar com ele, para deixar tudo, para recomeçar tudo. Sabia que ela pedia socorro. Ele tinha uma oportunidade, certamente a última, de ser útil, de ajudar alguém e, no meio daquela multidão de estrangeiros que povoa o planeta, encontrar uma irmã.

Começou a se vestir, discretamente, silenciosamente, para não acordá-la.

52

Como todas as noites de domingo, ela estava sozinha em seu modesto estúdio de cientista pobre. Ela andava pela casa de um lado para outro e comia a mesma coisa do almoço: queijo, manteiga, pão e cerveja. Por ser vegetariana, está condenada a essa monotonia alimentar. Desde sua internação no hospital da montanha, a carne faz com que lembre que seu corpo pode ser cortado e comido da mesma forma que uma vitela. Claro que as pessoas não comem carne humana, isso as amedrontaria. Mas esse medo apenas confirma que um homem pode ser comido, mastigado, engolido, transformado em excrementos. E Milada sabe que o medo de ser comido não é senão um medo mais generalizado que está presente nas profundezas de toda vida: o medo de ser corpo, de existir sob a forma de um corpo.

Acabou seu jantar e foi para o banheiro lavar as mãos. Depois levantou a cabeça e se viu no espelho em cima da pia. Era então um olhar diferente daquele com que observara sua beleza numa vitrine. Dessa vez, o olhar era tenso; lentamente ela levantou os cabelos que rodeiam suas faces. Ela se olhou, como que hipnotizada, longamente, muito longamente, depois deixou os cabelos caírem de novo, ajeitou-os em volta do rosto e voltou para a sala.

Na universidade, o sonho de viajar para outras estrelas a

seduzia. Que felicidade evadir-se para longe do universo, para algum lugar onde a vida se manifeste de modo diferente daqui e onde não se tenha necessidade do corpo! Mas, apesar de todos os seus assombrosos foguetes, o homem jamais avançará para longe do universo. A brevidade da vida faz do céu uma cobertura negra, contra a qual ele sempre esbarrará a cabeça e cairá na terra, onde tudo o que vive come e pode ser comido.

Miséria e orgulho. "Em cima de um cavalo a morte e um pavão." Ela está de pé em frente à janela e olha o céu. Céu sem estrelas, cobertura negra.

53

Ele colocou suas coisas na mala e passou os olhos pelo quarto para não esquecer nada. Depois sentou-se perto da mesa e, numa folha de papel timbrado do hotel, escreveu:

"Durma bem. O quarto é seu até amanhã ao meio-dia..." Queria ainda lhe dizer alguma coisa muito terna, mas ao mesmo tempo ele se proibia qualquer palavra que fosse falsa. Finalmente acrescentou: "... minha irmã".

Colocou a folha sobre o tapete perto da cama para ter certeza de que ela a visse.

Pegou o cartão em que estava escrito: Não perturbe, *don't disturb*; ao sair, olhou mais uma vez para ela, que continuava a dormir, e, no corredor, colocou o cartão na maçaneta da porta, fechando-a lentamente.

No hall, por toda parte ouvia as pessoas falarem tcheco, que soava de novo monótono e desagradavelmente enfadonho, uma língua desconhecida.

Ao pagar a conta, disse: "Uma senhora ficou no meu quarto. Ela vai embora mais tarde". E, para ter certeza de que ninguém lançaria sobre ela um olhar maldoso, colocou na mão do recepcionista uma nota de quinhentas coroas.

Tomou um táxi e partiu para o aeroporto. Já era noite. O avião voou em direção a um céu negro, em seguida mergulhou nas nuvens. Depois de alguns minutos, o céu se abriu, pacífico e amistoso, coberto de estrelas. Ao olhar pela janela viu, no fundo do céu, uma entrada baixa de madeira e, diante de uma casa de tijolos, um pinheiro esbelto, tal como um braço levantado.

Milan Kundera nasceu na República Tcheca. Desde 1975, vive na França.

OBRAS PUBLICADAS PELA COMPANHIA DAS LETRAS

A arte do romance
A brincadeira
A cortina
Um encontro
A festa da insignificância
A identidade
A ignorância

A insustentável leveza do ser
A lentidão
O livro do riso e do esquecimento
Risíveis amores
A valsa dos adeuses
A vida está em outro lugar

1ª edição Companhia das Letras [2002]
1ª edição Companhia de Bolso [2015] 1 reimpressão

Esta obra foi composta pela Verba Editorial em
Janson Text e impressa pela Gráfica Bartira em ofsete
sobre papel Pólen Soft da Suzano S.A.

A marca FSC® é a garantia de que a madeira utilizada na fabricação do papel deste livro provém de florestas que foram gerenciadas de maneira ambientalmente correta, socialmente justa e economicamente viável, além de outras fontes de origem controlada.